EL AMOR ES UNA FÁCIL DECISIÓN

C. J. TRENHAM

ISBN: 9798463926661
Primera edición agosto 2021

EL AMOR ES UNA FÁCIL DECISIÓN

C.J. TRENHAM

El amor no correspondido ronda permanentemente dejando a las personas sumidas en el dolor y en un cúmulo de sentimientos que dificulta el continuar avanzando en busca de esa persona ideal, aquel ser que les complemente, les alegre, les conforte, les impulse a vivir a plenitud cada día, independiente de las dificultades que deban enfrentar… A veces, y pese a lo complejo que pueda ser esto, se genera una serie de situaciones que en conjunto logran que ese ser finalmente llegue a nuestras vidas, aunque no precisamente de la manera que uno desearía, pese a eso, ambos seres finalmente se complementan unidos por un secreto. Es bien sabido que un secreto es eso, un secreto y así debe mantenerse… ¿O no?...

Capítulo 1

—¡Lo hiciste de nuevo mi buen amigo Alberto!… ¡Lo hiciste de nuevo!

Es la típica frase que sale de los labios de Albert, frase que corona su usual actuar.

Mientras dice esas palabras, cierra la puerta de la habitación que mantiene en su interior el cuerpo semidesnudo de una mujer que duerme plácidamente. Debe prepararse para una importante reunión y ella también. Ambos tienen tiempo para no llegar atrasados a sus actividades. Él, con gentileza y sin despertarla, ha programado la alarma del celular de ella para que dentro de cinco minutos más la despierte.

Albert es un sujeto más que bien parecido, figura atlética, pelo negro brillante, con ciertos toques ondulados, algunos comentan que esas ondulaciones no son naturales, otros comentan que sí lo son. Independientemente de quien tenga la razón, esos rizos definitivamente le sientan muy bien, le hacen ver distinguido y juvenil.

A veces usa barba, otras solamente un pequeño bigote y cada cierto tiempo simplemente va correctamente rasurado.

Es de profesión arquitecto y trabaja por el momento en una firma, pero su sueño es independizarse. Aquel deseo, en la actualidad, se ve bastante lejano pues los contactos del estudio donde trabaja son muy buenos y el trabajo no para de llegar. Obviamente su sueldo se ve cada vez más incrementado, mientras más trabajo, más ingreso para él.

La idea de ser su propio jefe sigue muy viva dentro de él, pero, pese a eso, no se puede dar el lujo de volar con alas propias, al menos no por el momento. Con el sistema de vida que lleva, el dinero es siempre la prioridad, le gusta vestirse muy bien y usar artículos de gama superior, son gustos que le gusta darse y no está en su mente el privarse de ellos.

Los clientes que atiende poseen grandes fortunas, son personas de mucho dinero, y sus esposas, dado el excesivo trabajo de esos clientes por ganar más y más dinero, se encuentran convenientemente solitarias, no todas, pues muchas de ellas trabajan e incluso en más de un caso les va mucho mejor que a sus maridos. La condición de solitarias es para él, por decirlo de alguna manera, un «bonus» que jamás ha dejado de cobrar.

Hasta la fecha es de aquellos sujetos que generan la bien conocida trilogía OES, que no es ni más ni menos que una trilogía de sensaciones de Odio – Envidia – Simpatía. ¿Por qué?, bueno, porque simplemente además de ser un reconocido conquistador es un sujeto muy empático, educado, respetuoso y tremendamente sociable.

Su cuerpo procesa todo cuanto ingiere de manera muy favorable para él. En pocas palabras, y sin entrar en esa maraña de lenguaje técnico, el sujeto puede comer y beber todo cuanto desee y su cuerpo procesa lo ingerido con tal eficiencia que su figura y energía se han mantenido inalterables por muchos años.

Desde que tiene uso de razón su cuerpo ha sido así y, a estas alturas de la vida, aquello es un tesoro muy preciado por él, aunque su mayor tesoro es obviamente lo que lleva entremedio de sus piernas. Le llama, «mi amigo Alberto» nombre que cada vez que lo menciona con sus conquistas logra el efecto deseado y la conversación siempre termina encaminada en la dirección de querer hacer los honores y presentar a tan distinguido amigo… Ni más ni menos que a su amigo Alberto… Amo y señor de múltiples encuentros.

Esa extraña capacidad corporal que le permite mantenerse estupendamente bien no es impedimento para asistir de vez en cuando a algún gimnasio. De preferencia elige aquellos que estén cerca de los establecimientos que ofrecen habitaciones con diferentes temáticas y por algunas horas. Es ya un cliente habitual y, dado que en más de una ocasión ha recomendado aquellos lugares con sus amigos y amigas, esos mismos negocios de vez en cuando le facilitan las instalaciones a costo cero.

El comentario que recibe de los administradores de esos lugares es… «Cuidamos de nuestros buenos clientes, y usted es uno de ellos, por lo mismo, de vez en cuando y de cuando en vez, dispondrá de las instalaciones sin costo para usted don Albert».

Albert siempre responde a ese comentario con un breve…

«Alberto se los agradece». Dicho comentario siempre descoloca a los administradores que intentan corregir el nombre, a lo que el aludido comenta…

—Albert… Alberto… somos prácticamente el mismo ser. Ambos estamos unidos, se podría decir que uno sin el otro no pueden existir.

Albert retoma su rutina, debe llegar a casa, asearse, cambiarse rápidamente de ropa, desayunar, recoger su notebook, el porta planos y llegar a tiempo para su reunión. Hoy le toca exponer los avances finales del proyecto al cliente y, a su modo de ver, la presentación no tiene puntos débiles. Es, como él mismo suele decir, una presentación redondita.

Al llegar al edificio donde se encuentra el estudio de arquitectos accede al estacionamiento utilizando su tarjeta de identificación. Desde el interior de la caseta el guardia le saluda levantando la mano al tiempo que con un movimiento de cejas le pregunta cómo le fue anoche. Albert se limita a bajar la ventanilla y expresar con algo de falso aburrimiento…

—Igual que siempre Jaime… Igual que siempre… Ya sabes cómo es esto… En fin, no te negaré que la paso bien pero… de seguro debe haber algo más que solo esforzarse durante toda la noche sin dormir… ¿no lo crees así, Jaime?

—Usted siempre con esos comentarios graciosos. Lo que es yo hace mucho tiempo que no logro nada de nada, estoy en una especie de período de sequía, pero bueno, ya vendrán tiempos mejores.

—Así lo espero amigo mío, así lo espero, mira que es bien sabido que la falta de uso daña ciertas partes, ¿me comprendes?, y obviamente no queremos que nuestras partes se dañen, ¿cierto Jaime?

Albert termina la frase y continúa su avance hasta su estacionamiento. Por el retrovisor logra ver la cara de Jaime y se sonríe al ver que le ha alegrado el día. Mientras estaciona recibe un mensaje en su celular, es de Anna, su conquista de la noche anterior. El mensaje es breve… «Espero verte esta noche, has aprendido muy rápido lo que me agrada. Lo que es yo, a juzgar por tu rostro he estado también a la altura de la situación.

Mantengamos, donde corresponda, una actitud profesional, ¿comprendes? Mis más profundos saludos a Alberto, te agradezco que nos hayas presentado». Albert termina de leer el mensaje de Anna, se baja calmadamente de su vehículo y toma desde la cajuela su porta planos y el notebook. Respira hondo y camina con mucha confianza hasta el elevador. Presiona el botón de llamada y espera pacientemente que la caja metálica llegue hasta él y le transporte directamente hasta el piso número nueve.

El elevador tarda unos momentos en llegar, eso no le preocupa, tiene tiempo, finalmente la puerta se abre dejando ver en su interior una agraciada figura femenina. Albert la reconoce de inmediato y con algo de resignación y un brillo en sus ojos sube y sonríe mientras las puertas se cierran tras su entrada.

—No me pongas esa cara de sorpresa Albert, sabes que anoche no llegaste a la cita y de seguro no has visto ninguno de mis mensajes…

Albert la mira directo a los ojos y sin siquiera pestañear inventa sobre la marcha…

—Ha sido una semana muy ajetreada Bernardita, de hecho también sabes que dentro de poco debo… debemos estar en la reunión de presentación de cierre, ¿supongo que has preparado tu parte?…

—¡Déjate de leseras Albert!

Bernardita presiona el botón de detención y procede a acercarse coqueta y provocadoramente hacia un aplomado Albert que con suavidad comienza a depositar su notebook y el porta planos en el suelo del ascensor mientras observa que Bernardita extrae de la bolsa que porta en su mano izquierda una pequeña almohada y un par de botellas de agua mineral sin gas. Con una sonrisa agradece el gesto de traer dos botellas.

—No tenemos mucho tiempo Bernardita, y ciertamente las cosas apuradas no son lo más adecuado…

—Lo sé, lo sé, pero esta vez tengo un truco especial que de seguro será de tu agrado. Por el tiempo no te preocupes… A decir verdad es lo que menos debe preocuparte. Sugiero que te concentres y disfrutes el momento, yo haré exactamente lo mismo y te aseguro que todo esto no nos impedirá llegar a tiempo a la presentación.

Con elegancia, Bernardita coloca la almohada cerca de Albert y se arrodilla sobre ella al tiempo que dice…

—Guarda silencio, debo hablar con Alberto y luego de eso él deberá entablar una rápida e intensa conversación con «Bernardeth»… ¿Comprendes?, dice Bernardita mientras clava su hermosa mirada en los ojos de Alberto al tiempo que comienza a deslizar suavemente la cremallera que liberará al, a estas alturas, inquieto Alberto.

Bernardita se encarga de dar inicio al encuentro y poco a poco Albert va incorporándose al juego, el truco de Bernardita ha comenzado a surtir efecto y finalmente ambos se dejan llevar. «Bernardeth y Alberto» entablan una animada conversación… Los placenteros gemidos van aumentando en intensidad y el bamboleo del ascensor no les genera el más mínimo deseo de detenerse, por lo que a ellos respecta el elevador bien podría precipitarse y ellos continuarían en lo suyo hasta las últimas consecuencias. Cuando todo ha concluido ambos beben de las botellas de agua y comienzan a colocarse las prendas que están desordenadamente colocadas al azar sobre el piso del elevador.

Estando ya correctamente vestidos Bernardita presiona el botón que vuelve a poner en movimiento el metálico espacio que momentos antes sirvió de improvisado nido de pasión. La puerta del ascensor se abre y tanto Bernardita como Albert se dirigen, como si nada hubiese ocurrido, a sus respectivas oficinas. Ella con un cierto rubor en sus mejillas pasa disimuladamente sus dedos por el pelo para terminar de dejarlo completamente acomodado y él con una expresión que proyecta, como siempre, el haber estado a la altura de las circunstancias se limita a sonreír.

—¡Lo hiciste de nuevo mi buen amigo Alberto!… ¡Lo hiciste de nuevo!

Ya instalado en su sillón ejecutivo, enciende su notebook y procede a dar una última mirada al archivo que deberá presentar en breves momentos.

El teléfono fijo que está en su escritorio comienza a sonar con insistencia. Albert lo mira… Está en la duda si contestar o no… Finalmente se decide y levanta el auricular. Del otro lado de la línea un agitado Jaime, de manera muy acelerada, le agradece al tiempo que le expresa su más grande admiración.

—¿Y por qué me agradeces hombre…?…. ¡No! ¡No! ¡No!… Ya sé de qué se trata… Déjate de leseras Jaime, y mejor borra ese registro. La cámara de seguridad del ascensor no está pensada para satisfacer tus morbosos intereses. Confío en tu discreción y no debes agradecerme por nada, esas lecciones online son gratis amigo mío, de seguro ya has vivido situaciones similares… Borra esas imágenes y no hagas copias… debo colgar… no te olvides de borrar esa parte del video. ¡Qué tengas un buen día amigo mío!

Albert toma el notebook y el portaplanos y con algo de prisa dirige sus pasos hasta la salida de su oficina. Continúa su andar hacia la sala de reuniones que se encuentra al final del pasillo, ingresa y, con una amplia sonrisa saluda cordialmente a cada uno de los presentes, saludo que es correspondido por cada uno de ellos.

Bernardita ya está cómodamente sentada y disfruta de una humeante taza de café. Mientras saluda a Albert con la mirada, disimuladamente deja que sus dedos rocen sus labios y le envía un disimulado beso.

El jefe y el segundo al mando, son Gustavo y Emilio, ambos conversan animadamente con la clienta, quien de reojo mira a Albert y continúa por unos minutos la animada charla con los altos ejecutivos, finalmente hace una breve pausa y dice…

—Es momento de dar inicio, ya ha llegado el hombre a cargo de la presentación… Se ve algo cansado… Parece que no ha dormido bien… De seguro es por los preparativos finales para esta reunión… Sugiero iniciar de inmediato, todos los aquí presentes somos personas muy ocupadas y en este negocio el tiempo es dinero… caballeros…

—Puedes proceder Albert —dice Gustavo con tono de voz importante.

Albert asiente con la cabeza y conecta rápidamente su equipo a la pantalla para dar inicio a la presentación. Todo fluye según lo esperado, Bernardita realiza la presentación que le corresponde y contesta con mucha precisión cada una de las preguntas de la clienta, por su parte, Albert hace exactamente lo mismo. Ambos tienen ya muchos años de experiencia y eso les permite sortear con mucha soltura las complejas preguntas que les han realizado. Tanto Gustavo como Emilio se limitan a escuchar y asentir con la cabeza en señal de que todo va sobre ruedas. Finalmente el negocio termina por concretarse. Al despedirse la clienta se acerca a Albert y rozando levemente su mano le felicita por su excelente presentación…

—¿Solamente por la presentación? —dice de manera infantil Albert.

A lo que la aludida responde con un beso en la mejilla bastante cerca de los labios y un comentario al oído… Luego de eso se despide de los presentes y mira con algo de distancia a Bernardita que capta la indirecta y prefiere no hacer comentario alguno despidiéndose con un cordial…

—Hasta pronto señora Anna.

A lo que Anna contesta con un gélido…

—Hasta pronto querida.

Tan pronto Anna deja la habitación, Gustavo y Emilio felicitan de forma efusiva a Bernardita y Albert para luego retirarse de la sala de reuniones.

Bernardita respira profundo y mira con enojo al sujeto que momentos antes ha compartido con ella en el elevador soltando a boca de jarro una pregunta que más bien parece una afirmación…

—¡¿También te has metido con ella?!...

—Pero vamos, Bernardita, que no es para tanto, son solamente negocios, y mira lo bien que han resultado, tenemos un nuevo proyecto entre las manos y ambos salimos beneficiados, se podría decir que todos salimos ganando. ¿No lo crees así?

—Tienes razón, es así, pero es algo incómodo el encontrase cara a cara con tus conquistas, se pierde la ingenua ilusión de sentir que una es la única en tus pensamientos… Para que veas que así de ingenuas somos algunas mujeres… Sabes que te perdonaré cualquier cosas y ya sé que esto de la reunión fue algo que simplemente se dio, pero igual es algo incómodo, ¿lo sabes, cierto?.... ¿En qué piensas?

—Si quieres que te sea completamente sincero pensaba en un trío, pero… dudo…, por lo que me acabas de decir que desees participar con Anna en ese tipo de situaciones… ¿O lo harías?...

—¡Con Anna definitivamente NO!, pero quizás si me presentas al otro hombre podría ser… ¿Qué?... ¿Estabas pensando en un trío con otra mujer?… ¡Actualízate hombre!… Encuentra a alguien más y veremos si me interesa… ¡Nos vemos querido!…

La cantarina voz de la joven resuena en la habitación, mientras coquetamente hace abandono de la sala moviendo exageradamente sus grandes caderas dejando a Albert sumido en sus propias fantasías.

En su mente no logra encontrar, por el momento, alguien que pueda acompañarle en la reciente proposición que ha expresado de manera tan seductora Bernardita. No le corre apuro, sabe que más pronto que tarde dará con la persona indicada. Su prioridad es concentrarse en los pendientes que tiene para poder así sumergirse de lleno en el proyecto que Anna acaba de contratar. De seguro ella se comunicará para coordinar otro encuentro, mucho más privado, para así festejar el cierre del negocio. Su pensamiento se materializa con la llegada de un mensaje, Anna le indica la hora y el lugar. Albert piensa para sí que ese tipo de razonamiento le acomoda pues es ir directo al grano, concentrado en el objetivo, sin tanto adorno. Lo bueno de compartir con Anna, así como con las demás, es que no hay un compromiso de por medio y eso le otorga la tan preciada libertad que hasta la fecha ha tenido a su entera disposición. Más de una vez ha debido elegir con quien compartir, pero eso jamás se ha manifestado como un problema, más bien ha sido simplemente un tema de elección según su ubicación y estado de ánimo. El rendimiento, hasta la fecha nunca ha sido un problema. El tiempo de desplazamiento entre un encuentro y otro siempre ha sido suficiente para estar a la altura de las exigencias. Tres golpecitos en la puerta seguidos de la apertura de la misma dejan frente a él a Bernardita que con su notebook en la mano camina hasta instalarse en el escritorio de Albert. Le mira con cara de pregunta y finalmente comienza a hablar.

—Estoy segura que te irás de fiesta con la clienta del momento. No trates de inventar nada. Eso ya lo tengo más que claro. Pero no te alteres, no vengo a discutir ni a hacer una escenita de celos de quinceañera, vengo a afinar los detalles del trabajo. Y, aunque sé que no te interesa, te comento que luego de que dejemos esto listo me retiraré pues tengo una cita… Sí, tal como lo oyes, una cita… ¿O acaso piensas que eres el único sujeto en mi vida?... No te molestes en decir nada y pon atención a mis comentarios finales. Como ya habrás de suponer, hay ciertos aspectos que dimos a entender que estaban completamente cubiertos pero, como tantas otras veces, ya debes suponer que no es tan así la cosa.

Albert la mira mientras levanta una ceja, obviamente no está para nada alterado, su mente visualiza esa clásica conversación de temas que van en la línea de lo legal que le aburre sobremanera, pero sabe debe tratarse y obviamente debe tratarse con mucho cuidado. Recuerda que en sus inicios un mal análisis de ese aspecto echó por tierra un enorme proyecto y aprendió, de la manera difícil, que nada debe dejarse al azar, es mejor tardarse más tiempo, pero, en este y en otros casos, el tema del tiempo es algo que siempre juega en contra.

—A juzgar por tu rostro unido al hecho que te irás de fiesta, asumo que eso ya lo tienes resuelto y que pese a eso deberé soportar tu presentación unido a la magistral forma en que has sorteado los varios detalles y nos has salvado el pellejo… ¿O me equivoco?

—Para nada querido… Para nada… Presta atención… Es mi forma de sacarme la molestia que la tal Anna me ha generado. Y de paso… ¿Ya has encontrado al candidato para nuestro próximo encuentro?.... ¡Mh!, por tu expresión asumiré que aún no has encontrado a nadie que esté a la altura de una empresa de tal envergadura. Ya sabes que la última palabra es vital en algo así.

Las últimas palabras de Bernardita, su forma de mirarle y el labial rojo brillante hacen que la mente de Albert se desvíe por unos momentos del objetivo de la reunión. Observa el cuello de la joven y su mirada continúa descendiendo hasta topar con la cubierta del escritorio. Se levanta y con un acompasado caminar se sitúa detrás de Bernardita, pero ella, consciente de sus intenciones da inicio a la latosa explicación legal que genera que Albert termine por concentrarse en sus palabras y con desgano regresa a su asiento.

—Y así, mi querido Albert es como he resuelto este enorme

problema. Debería tener un bono extra por este tipo de soluciones… ¿No lo crees así querido?

—Yo hago muchas veces trabajos similares y no recibo bonos extras, así que no creo que eso se vaya a dar.

—¿Cómo que no recibes bonos extra?... ¿Y Bernardeth?

—Bernardeth no es para nada un bono Bernardita… Es… Es… Es

—¿Es qué? querido Albert…

—Es un tremendo regalo, que tienes la gentileza de entregarnos, y eso es algo con lo que en estos momentos me encantaría entablar algún grado de conversación… ¿Qué te parece si…?

—Por hoy es más que suficiente. Además ya te he mencionado que tengo una cita y mi creatividad está concentrándose en entregar lo mejor de mí. Es alguien completamente diferente a ti y por lo mismo, pues bueno… Mejor lo dejo hasta aquí. ¿Tienes alguna duda?

—¿Le conozco?

—¡Duda del trabajo Albert, duda del trabajo! Lo otro es parte de mi vida privada y esa parte seguirá manteniéndose privada. Bueno, en vista y considerando que ya todo está aclarado… ¡Qué tengas un buen día querido! Apostaría una semana de sueldo a que te encontrarás con la clienta del momento… ¿Quieres apostar?... ¡Seguro que no!…

Con su encantador caminar Bernardita hace abandono de la oficina de Albert y deja rondando en su mente una pregunta para la cual aún no tiene respuesta... ¿Quién será ese misterioso sujeto? De seguro no hay nadie mejor que él, o mejor dicho, muy pocos que puedan estar a su altura, al menos eso es lo que él cree, pero igual siente que alguien extraño se está metiendo en sus terrenos, en ese mundo donde él se considera el rey… el soberano… Ese sujeto se está metiendo con una muy buena amiga… Mejor dicho… Con dos muy buenas amigas.

El proyecto ganado implicará el realizar varios viajes para asegurarse en terreno que las condiciones de diseño se cumplan a cabalidad. El viajar no es algo que le incomode a Albert pero siente que el desplazase a otros países muchas veces es bastante agotador. En este caso en particular el proyecto se materializará en los Emiratos Árabes Unidos. Albert desconoce por completo el idioma pero eso no será problema pues Anna maneja el idioma a la perfección y le ha comentado que existen varios aparatitos electrónicos que pueden sacarle de apuro de ser necesario. Ella es el nexo con el cliente pero le ha dejado claro que una cosa es la diversión y otra muy distinta el trabajo. A Los Emiratos Árabes se va a trabajar.

Las personas con las cuales deberá interactuar manejan varios idiomas siendo el inglés uno de ellos y en ese idioma la mayoría de los que trabajan en el estudio se manejan bastante bien. La misma firma se ha encargado de proporcionarles cursos suficientes como para no tener ningún problema en ese sentido. La comunicación es primordial en este negocio y el costo de los cursos es prácticamente marginal para los beneficios que se obtienen con esa verbal habilidad.

Albert comienza a dar una mirada a los planos de detalle cuando recibe un breve mensaje…

—Necesito comentarte algo… ¿Puede ser ahora?

Es Anna quien le ha contactado. Albert sonríe mientras piensa que de seguro alguna alocada idea le ha invadido el cerebro y quiere comentarlo para no tener sorpresas para su encuentro. Albert comienza a discar el número de Anna y casi de inmediato la llamada es contestada.

—Te digo de entrada que no es nada que tenga que ver con nuestro cercano encuentro. Así que enfócate en el trabajo… ¿Entendido?

—Entendido Anna… ¿De dónde sacas que es en eso en lo único que pienso?... Se nota que aún te queda mucho por conocer de mi encantadora persona… Pero bueno… Eso se dará con el tiempo.

—La forma de tratar a estos clientes es bastante diferente a lo que estás acostumbrado. Te enviaré algunas frases típicas para que comiences a practicarlas, son las usuales de saludo, de cortesía, las protocolares. Pero… Lo más importante no es eso… Lo realmente importante es que no debes actuar con las damas como usualmente estás acostumbrado a hacerlo… ¿Me comprendes?... Vas a trabajar… No vas a divertirte… Por muy grande que sea la tentación… Y de seguro lo será… Mantente al margen… Mantente al margen… ¿Comprendes?

—¡Perfectamente!… Me mantendré al margen. ¿Algo más que deba saber?

—Los hombres importantes son Malek y su hijo Farid. Aunque tengamos el negocio cerrado y el costo de deshacerlo implica una elevada multa, créeme que eso no será problema para estos sujetos… Nosotros en cambio, no estamos ni remotamente cerca de poder pagar una multa de ese monto… Por lo mismo, todo debe salir de maravillas. Debes ser encantador con ellos pero sin sobrepasarte y por ningún motivo debes mirar a sus mujeres. A concentrarse en lo que hay que hacer. Este trabajo es la puerta de entrada a futuros proyectos en ese País. Es por decirlo de alguna manera un canapé. Si lo hacemos bien la cantidad de dinero que ingrese será tan grande que podrás independizarte, como es tu sueño, o mejor aún no necesitar trabajar nunca más y dedicarte a lo que más desees… Cosa que no es para nada difícil de imaginar… Cierra la boca y recuerda todo lo que te he mencionado. Nos vemos a la noche donde siempre. Te sugiero que tomes mucho café. Te mantendré ocupado toda la noche. Este contrato debemos celebrarlo de buena manera.

El dedo índice de la mano izquierda presiona con suavidad el dorado intercomunicador. El movimiento es elegante, sin prisa. En la muñeca se ve el imponente y exclusivo reloj. El interés oculto de su dueño es obsequiarlo a su nieto para su cumpleaños número quince. Por lo visto, deberá seguir esperando.

—Latifa… necesito que mi hijo venga lo más pronto posible, gracias.

—De inmediato don Malek.

—Te he dicho muchas veces que no debes tratarme de don, vamos mujer, haz un esfuerzo,… Nos conocemos hace mucho tiempo… No necesitas anteponer el don… Malek es mi nombre… tú puedes llamarme así… por enésima vez… ¿entendido?…

—Sí don Malek… quiero decir Malek… Perdón don Malek… Quiero decir perdón Malek…

—Vamos, relájate Latifa y ubica a mi hijo.

Latifa inhala profundamente, contiene la respiración algunos segundos y finalmente exhala con fuerza… Repite el ejercicio un par de veces y luego toma el teléfono y disca el número uno, en él está memorizado el número del primogénito de don Malek. Lo piensa unos segundos y reacciona… El número de teléfono del hijo de Malek. Con una sonrisa en los labios espera que Farid conteste. Con Farid se conocen desde que eran pequeños, por esas cosas de la vida ella terminó trabajando para su padre. Son ya muchos años. Latifa es mucho más que la secretaria de Malek. Es a veces confidente, a veces consejera, a veces, muy pocas, su paño de lágrimas. Entre ambos se conocen varios secretos, nada ilegal.

—Latifa, ¡qué bueno que has llamado! Ha sido en el momento preciso, estoy a punto de hacer una compra y tú sabes que esto de la toma de decisiones muchas veces no me acompaña. ¿Qué crees que sería mejor?

—¿Mejor de qué, Farid?

—Ah, sí… Un costoso collar para Jazmín o una cena en el yate de la familia.

—¡De nuevo intentando comprar con bienes materiales tus acciones!

—No, no es eso… Bueno… En parte sí lo es… ¿Y bien?

—¿Es primera vez, o ya ha ocurrido antes el hecho por el cual te estas disculpando?

—Es segunda vez…

—Entonces, mi sugerencia es ambas.

—¿Te refieres a collar y cena?

—¡No! Me refiero a flores y chocolates… Obvio que me refiero a ambas… Cena y collar y de paso puedes enviarme a mí flores y chocolates… ¿Qué ha sido esta vez?

—Te cuento en una cena después de que arregle mi actual situación con Jazmín, gracias, nos vemos…

—Espera, espera… Debes venir de inmediato a conversar con tu padre… Ese es el motivo de mi llamada… Te sugiero que no le hagas esperar...

—Pero bueno mujer, al menos dime de qué se trata.

—No tengo idea… Solamente te puedo decir que su voz sonaba bastante seria… Como una sugerencia creo que deberás enfrentar las cosas diciendo la verdad y no andar tapando tus cosas en base a mentiras… Ya sabes que al final todo se sabe… La verdad aunque sea dolorosa es siempre el mejor camino. Piénsalo de camino acá. Le diré que llegarás en….

—En unos cuarenta minutos, debo hacer algo antes, gracias por tus consejos. Debí casarme contigo pero…

—Ambos sabemos que eso no iba a ocurrir nunca… Cuídate Farid, te quiero mucho.

—Yo también a ti Latifa, yo también a ti.

Farid, que está en una sastrería entregando las medidas para la confección de un traje solicita le indiquen el monto a cancelar. Acerca su celular a la máquina y da por finalizada la compra y consulta nuevamente al encargado.

—¿Estás seguro que será entregado en la fecha solicitada?

—Caballero, estoy muy seguro. Usted y su padre son clientes de este establecimiento por muchos años y no nos permitiríamos el no cumplir con lo pactado. En nuestros inicios quizás hubiese dudado, pero ahora, con los años de experiencia le puedo decir con completa seguridad que el traje será confeccionado de manera sobresaliente y entregado a tiempo. ¿Alguna otra duda caballero?

—Ninguna, es simplemente que a veces me pongo algo nervioso. Tienes toda la razón ustedes siempre han cumplido con lo acordado y no hay motivo para dudar que eso no ocurrirá esta vez. Y si así fuera de seguro sería por algún motivo de causa mayor, algo que escapa a nuestras capacidades. Me quedo tranquilo. Muchas gracias y hasta pronto.

Antes de salir busca algo en su celular y con cara de satisfacción vuelve a despedirse mientras encamina sus pasos hacia su siguiente destino. Sabe que el tiempo corre y no desea llegar tarde a la reunión que su padre desea tener con él. El no saber el motivo por el cual su padre desea verle es algo que le genera algo de incomodidad, pero… es su padre… no debe ser nada que ambos no puedan resolver… Se conforta pensando que debe ser algo de trabajo. Sale de la tienda que minutos antes ha ubicado en su celular y regresa hasta su vehículo, deposita lo comprando en el asiento del copiloto y acelera. El rugir del poderoso motor da cuenta de la potente maquinaria que le lleva a su destino.

—¿He llegado a tiempo?

—Yo diría que justo, justo. Es bueno verte.

—Lo mismo digo, toma, son para ti.

—Flores y chocolates… Quien diría que a veces sigues los consejos… Gracias Farid, a tu salida compartiré algunos contigo, si es que tienes tiempo de quedarte unos momentos, es bueno verte.

—Latifa, guárdame uno de esos que tienen relleno de crema de menta, son mis favoritos.

—Ja, ja, muy gracioso. ¡Toda la caja es de ese tipo! Sigues siendo el mismo fresco de siempre. Te guardaré al menos uno… Apresúrate y que todo salga bien.

—Hola papá, he venido lo más rápido que he podido. ¿A qué se debe la urgencia…? ¿Por qué no has podido conversarlo por teléfono?

—Hola hijo, ven y dale un abrazo a tu padre. Nada es tan importante como para no iniciar con una muestra de afecto, ¿no te parece?

Con algo de nerviosismo Farid camina y abraza a Malek. Malek le abraza con fuerza y mientras lo hace por la mente de Farid pasa la idea que quizás su padre esté enfermo, una enfermedad que ni con todo su dinero puede ayudarle a mejorar. En cierta forma algo de razón tiene.

—¿Cómo van las cosas con Jazmín? ¿Alguna novedad que desees contarle a tu padre?

—Todo va bien. De hecho hoy iremos a cenar al yate y le he comprado un pequeño obsequio.

—Bueno, si por pequeño te refieres a ese costoso collar… ¡Mh!

—Por lo visto aún mantienes el control sobre todo cuanto ocurre…

—De esa manera no me encuentro con muchas sorpresas. La vida me ha enseñado a ser desconfiado. Soy así pero no por decisión propia, más bien por necesidad. Bueno, me decías que no hay novedades. Entonces vamos a otro tema. Anna ya ha cerrado el contrato y el equipo de supervisores arribará dentro de poco a Abu Dabi. Espero que esta vez estés a la altura de las circunstancias y no deba pagar por deshacer el contrato. Te recuerdo que ya van quedando muy pocas empresa que tengan la capacidad de construir lo que nosotros necesitamos. Tenemos mucho dinero, pero eso no significa que podemos andar despilfarrándolo. ¿Me has comprendido Farid?

—Perfectamente Malek, perfectamente, pero ya sabes que a veces se me hace muy difícil…

Malek le interrumpe, no desea tener esa conversación.

—Bueno, Farid, eso sería todo, mis saludos a Jazmín y espero novedades pronto. No la llenes de tantos regalos lujosos y mejor intenta ir por la vía de lo simple y emotivo. Por ejemplo… Flores y chocolates… Eso nunca falla… Flores y chocolates….

Hay algo que tengo que entregar y para que eso ocurra tú debes hacer tu parte, dice Malek frotando con suavidad su reloj. Ve a hacer lo tuyo y prepárate para recibir a Anna y su comitiva, Latifa te entregará toda la información. No la entretengas con tus historias y ponte al día en los detalles finales del proyecto. Eres un sujeto inteligente, pero eso no lo es todo en la vida, la constancia, el esfuerzo son un poderoso aliado. Ve hijo y por favor cuídate. Te adelanto que tú irás primero a visitar el terreno y luego, cuando las cosas ya estén en plena construcción yo me daré, en la medida de lo posible, una vuelta para ver cómo se van desarrollando las cosas. Estarás, como tantas veces a cargo de la etapa inicial… Recuerda… Es trabajo no diversión. Recuerda lo que te he dicho, eres mi hijo y te quiero, pero no me puedo dar el lujo de permitirte hacer siempre lo que quieras, presta atención a los detalles y para las dudas que puedas tener apóyate en los asesores y en mí. ¿Está claro Farid?

—Perfectamente claro. ¿Un abrazo de despedida?

—Por supuesto hijo, por supuesto.

Al salir pasa por el escritorio de Latifa y sin pedir permiso saca desde el interior de la caja de chocolates un par de ellos y con un beso tirado al aire desde la puerta desaparece a toda prisa. Por lo visto deberá volver a la tienda y comprar algunas cajas de chocolate y algunos ramos de flores. Farid ha dado ya varios pasos rumbo a la salida, se detiene y vuelve tras sus pasos de regreso a la oficina. Latifa le mira con extrañeza y comienza a moverse con rapidez.

—No seas fresco Farid, de seguro has vuelto por más chocolates… Esos son mis chocolates, me los has regalado… Al menos si quieres alguno ten la amabilidad de pedirlo.

—No se trata de eso mujer. Lo que pasa es que debes entregarme los detalles del nuevo proyecto. Ya me he llevado un pequeño sermón hace unos momentos y por lo mismo debo estar al corriente de lo que se viene, las fechas, las personas, los ajustes de último minuto, esas cosas aburridas… ¿Tienes por ahí la carpeta con esa información?

Mientras Latifa busca en el cajón de su escritorio la carpeta que contiene esa información, Farid con agilidad vuelve al ataque y extrae dos chocolates más. Latifa le sorprende y él, cual si fuera un pequeñuelo se limita a sonreír y colocar uno de los chocolates en su boca y procede a degustarlo con gestos exagerados.

—Ya, niño mimado, mejor vete de aquí… Algunas personas tenemos que trabajar… ¡Me debes una caja de chocolates!... ¡Esta vez surtidos por favor!… Alcanza a decir Latifa mientras Farid cierra la puerta llevando en su mano la preciada carpeta con la información.

—¿Puedes venir a la oficina?

—Estoy bastante ocupada con esto del nuevo proyecto, ¿es realmente necesario que vaya? ¿O puedes decírmelo por teléfono?

—Si fuera así ya lo hubiera hecho, vamos, por favor, es importante.

La voz de Albert suena demasiado dulce como para negarse, al cabo de unos minutos Bernardita está ya frente a él tratando de concentrarse en lo que él está a punto de decir, cosa que se le dificulta al ver sus enormes ojos que la miran de manera algo lujuriosa.

—Espero que sea algo importante Albert.

—Lo es Bernardita, lo es. Siéntate, por favor. No me puedo concentrar en el trabajo sabiendo que te vas a ir de fiesta con alguien que no conozco, al menos es lo que creo… ¿Me dijiste que no le conozco, o me dijiste que le conozco?

Bernardita se sorprende mucho con lo que está escuchando y no deja de sentir hacia Albert un cúmulo de sentimientos de ternura, cariño, comprensión, incluso llega a pensar que quizás el inalcanzable Albert está comenzando a verla con otros ojos, y no solamente como una mujer que le brinda el placer que tanto desea. Está con esos pensamientos en su mente cuando el silencio es interrumpido por las palabras de Albert.

—Bueno, vamos a lo concreto. Aún no encuentro al sujeto adecuado para el trío, quizás deberíamos partir por hacer un trío con alguna amiga tuya, para así ir poniéndonos en forma con respecto a que alguien más nos acompañe, ¿no te parece?

—Eres increíble… Me voy a trabajar. Y yo que estaba pensando en cosas buenas de ti. No dejas de sorprenderme, me has desilusionado por completo. ¿En serio me has hecho venir para decirme esto?

—Tranquila Bernardita, tranquila. Lo que realmente necesito saber es el tipo de personas con las cuales nos encontraremos al llegar a Abu Dabi. Sé que vamos por trabajo, pero si sabes algo, lo que sea que me ayude a focalizarme en el trabajo y en no cometer errores con respecto a cómo actuar con esas personas es algo que te agradecería mucho.

—En pocas palabras… Concéntrate en el trabajo y no en las faldas… ¿He sido suficientemente clara?

—Muy clara, te lo agradezco.

—No me vuelvas a hacer perder mi tiempo de esta manera.

—Pero que poco sentido del humor tienes Bernardita. Si hasta se podría pensar que la falta de acción te tiene con los nervios de punta, pero, como ambos sabemos que eso no es así, la verdad es que no me explico a qué se debe tu reacción. En fin… te agradezco las palabras.

Mientras Bernardita abandona la oficina hace un comentario.

—Es mucho el dinero en juego no se te ocurra arruinarlo. Quiero una casa más grande y este proyecto la pagará sobradamente.

El resto de la jornada transcurre sin sobresaltos y Albert se prepara para ir a casa, bañarse, cambiarse de ropa y comer algo ligero para ir al encuentro de Anna. Mientras él hace lo suyo Bernardita hace algo muy similar. En la mente de Albert ronda el comentario de Bernardita que es similar al que le ha dado Anna.

«Vas a trabajar, no a divertirte… Mantente alejado de las mujeres, así de simple. Haces el trabajo, lo haces bien y así todos ganamos y ganamos en grande». Con eso aún en mente sale de su casa y se dirige al encuentro de Anna. La cabaña está alejada y el llegar a ella le tomará algo de tiempo. Lo retirado del lugar disminuye el riesgo de toparse con personas conocidas. En ese sentido ambos se cuidan mucho, sobre todo Anna que es una mujer casada. La propiedad posee múltiples accesos, cada uno de ellos es utilizado únicamente para ingresar y salir de una cabaña en específico. El acceso se libera con un código que es enviado al celular y la salida se hace de igual manera. El código es compartido con quien se desee por la persona que ha realizado la reserva. Albert conoce el lugar como la palma de su mano y no es precisamente por las veces que le ha visitado sino simplemente porque la firma donde trabaja es la que se encargó del diseño y construcción de tan magno lugar. Mientras conduce recuerda la primera vez que vio a Anna, fue precisamente en ese lugar y bajo unas condiciones bastante especiales. Él fue el encargado de la entrega de las instalaciones y una vez que eso aconteció quedó cordialmente invitado para la inauguración y puesta en marcha del negocio. Se le facilitó una de las cabañas y en esa particular oportunidad hizo uso de ella pero a solas, sí, aunque suene muy extraño para como es él, fue al lugar completamente solo. Debía descansar de las largas horas de trabajo que demandó el proyecto y aunque las ganas nunca le han faltado decidió, en esa oportunidad, y dado que se le estaba ofreciendo un lugar diferente donde descansar, que aprovecharía ese ofrecimiento para simplemente dormir hasta que prácticamente la cama lo expulsara. En esa ocasión su curiosidad pudo más que el cansancio y pese a que las cabañas se ubican bastante distantes unas de otras pudo notar el brillo de las luces de un automóvil que recorrían el borde de la cortina de su habitación. Miró la hora y le causó extrañeza que alguien llegara a esa hora o peor aún que alguien se retirara de las instalaciones a esa hora. Se incorporó en la cama y con un profundo respiro se frotó los ojos mientras exclamaba…

—Tu curiosidad Albert en algún momento te jugará una mala pasada… Espero que eso no ocurra hoy…

Caminó hacia la ventana y descorrió levemente la cortina y el visillo para intentar ver lo que ocurría en el exterior. No logró ver nada pese a que el lugar disponía de una excelente iluminación que permitía deambular con calma si algún pasajero así lo deseaba pero, al aguzar el oído pudo sentir el ronronear de un motor que no se alejaba ni se acercaba, simplemente ronroneaba. Se colocó la bata y en pantuflas decidió caminar y ver de qué se trataba, a fin de cuentas ya estaba despierto y no le sería fácil conciliar el sueño y menos sin saber qué estaba ocurriendo. Recogió la llave de la cabaña, su celular y se dispuso a caminar por el sendero hasta llegar a la muralla divisoria. Una vez que llegó se empinó levemente para tratar de ver que ocurría del otro lado. La altura de su cuerpo le impidió tal cometido, ridículamente intentó dar un par de saltos, pero obviamente no lograba permanecer en el aire el suficiente tiempo como para poder ver que estaba ocurriendo del otro lado. Observó los alrededores y con un poco de esfuerzo pudo arrastrar una piedra que le sirvió de escalera para poder quedar con la cabeza y parte del torso sobre la parte superior del muro. La piedra quedó algo inestable y eso le hizo pasar un buen susto pues se deslizó y estuvo a punto de quedar lacerado. Situación que para nada le hubiese agradado. Su rostro siempre ha estado en buenas condiciones y no permitiría que una piedra mal colocada le arruinara su presentación personal. A regañadientes volvió a acomodar la piedra, esta vez de manera mucho más cuidadosa y volvió a trepar sobre ella y acomodando su pera sobre ambas manos se entretuvo mirando el espectáculo que frente a sus ojos se presentaba como una magistral obra de teatro al aire libre. Frente a él y sin percatarse de su existencia, una pareja discutía, más bien, uno de ellos lo hacía, para ser precisos, el sujeto intentaba dar explicaciones frente a algo obviamente inexplicable, por otro lado, la mujer, que aparentemente era la esposa, le miraba con cara de odio mientras se tapaba los oídos en clara señal de no querer escuchar ninguna de las ridículas explicaciones que aquel sujeto decía sin pensar… Albert pensó para sí, que lo obvio en estas situaciones era simplemente asumir lo evidente, disculparse y esperar que el tiempo calmase las cosas para, si realmente está interesado en esa relación, volver a retomar las conversaciones…

Para Albert, el sujeto era un completo novato, de seguro era la primera vez que engañaba a su mujer y la inexperiencia le estaba pasando la cuenta. Mientras eso ocurría una jovencita, de no más de veinticinco años, continuaba sentada en el vehículo que permanecía correctamente estacionado y con el motor apagado, jugando con su celular, al menos esa era la impresión que daba a la distancia. De seguro no estaba interesada en entrometerse en una pelea de casados, a fin de cuentas, ella estaba allí para divertirse. Por la mente de Albert pasó la idea de un trío entre el matrimonio y aquella jovencita, pero, rápidamente volvió a prestar atención a lo que estaba ocurriendo. Poco a poco el sujeto fue dejando de hablar y simplemente se limitó a entrar a la cabaña y, al cabo de unos minutos volvió perfectamente vestido y con algunas prendas de vestir femeninas en su mano, caminó directo al vehículo y se las pasó a la jovencita que con ágiles movimientos, y sin bajarse del automóvil, quedó correctamente vestida para continuar manipulando su celular sin decir palabra. La situación para Albert estaba bastante clara. Con sigilo se bajó de su improvisado escalón y caminó hacia su cabaña. Encendió la chimenea y confió en que el lugar se temperara rápidamente. Se vistió y revisó la despensa. De ella extrajo algunas cosas para comer y dejándolas sobre la mesa volvió a salir de la cabaña. Esta vez con pasos más seguros y con mayor agilidad que la vez anterior, trepó sobre la piedra justo a tiempo para ver como ambos se alejaban rápidamente del lugar. Tan pronto eso ocurrió, con un leve carraspeo, dio inicio a su intervención, que esperaba en algo ayudara a la extraña que en estos momentos tenía frente a sus ya bastante despiertos ojos.

—Buenas, vecina... Me llamo Albert y, ya que estoy despierto pensé que quizás le serviría entablar conversación conmigo para ayudarnos mutuamente... En mi caso, me ayudaría a no desvelarme sin tener nada productivo que hacer y en su caso para que pueda contarle a un perfecto extraño lo que desee contarle de la situación previamente vivida y dejar ir parte de la molestia que ha vivido... No creo que sea buena idea que usted maneje a estas horas y menos pensando que de seguro la rabia contenida le afectará en sus reflejos... ¿Qué le parece? No deseo entrometerme pero los que me conocen dicen que soy alguien que sabe escuchar, que sabe callar cuando es necesario y que sabe…

—Y que sabe meterse en las cosas que no son de su incumbencia… ¿También le dicen eso Alberto? ¿Y qué sabe usted de todo lo que me ha pasado?... ¿Acaso ha estado espiando?... ¿Y qué opina su mujer de que esté usted aquí?

—Bueno, espiar es una fea palabra —dice sonriendo Albert sin corregirle el error en su nombre, mientras en su mente ha quedado registrado que la mujer ha retenido su nombre, más bien el nombre de su buen amigo —. Yo más bien diría que he estado observando para ver si era necesario intervenir y ayudar a una mujer en apuros… Pero, por lo que puedo ver, es usted perfectamente capaz de manejar esta y muchas otras situaciones… ¿O me equivoco? Hace frío, le invito a mi cabaña, por favor acepte la invitación, y, aunque la recomendación viene de muy cerca, le aseguro que en mi compañía usted se sentirá reconfortada. ¿Desea un té, un café quizás?... Por cierto, estoy solo en la cabaña, he venido solo…

—Eso es bastante extraño… ¿Solo?... Eso suena interesantemente conveniente vecino. Realmente necesito algo un poco más fuerte que una taza de té o de café.

Albert levanta una ceja y se sonríe maliciosamente mientras la mira fijamente a los ojos pensando que definitivamente puede ser un compañero muy fuerte llegado el momento…

—Por favor, acompáñeme y juntos veremos qué encontramos en la cabaña. Mientras mueve su vehículo yo iré a activar el portón de ingreso, debe retroceder hasta la entrada y tomar el camino que indica la cabaña número ocho… Le espero…

Al cabo de unos minutos el vehículo que ronroneaba está correctamente estacionado junto a Albert y él, con gentileza abre la puerta para ver descender a una mujer de edad mediana y una figura bastante trabajada, unos hermosos ojos y una cabellera que invita a recorrerla y acariciarla con las manos. La sonrisa que le brinda aquella mujer le perturba, pero sabe que es una situación algo complicada y no debe jugar mal sus cartas si quiere obtener algo de ella.

—Pues bueno, vecino, veamos qué tiene en su cabaña… ¿Supongo que al menos tiene dos camas, en caso que desee pasar la noche…?

—La cabaña dispone de una cama… es bastante amplia…

—Tranquilo galán, vamos con calma…

—Gracias por el cumplido, pero de galán no tengo absolutamente nada —dice con falsa modestia Albert.

El agradable ambiente que ha tomado la cabaña, dado que la chimenea ya ha hecho su trabajo, logra que rápidamente no solo sea el ambiente el que se tempere. Una grata conversación fluye cálidamente entre ambos, generando una cierta complicidad que definitivamente va en aumento y da la impresión que con cada frase ambos se van indisolublemente uniendo. La facilidad de palabra de Albert, unido a lo que ha dispuesto como alimento y bebida ha roto definitivamente el hielo y, de la mujer engañada que momentos antes sufría una decepción no queda ni rastro. Conforme avanza la noche la conversación se vuelve más y más entretenida… Los sabrosos detalles que poco a poco van saliendo superan con creces el interés normal que aquella mujer ha despertado en Albert. Por ahora lo que ha comenzado a comentar es información valiosa que es necesario escuchar, y no permitirá que un extenso momento de placer le prive de dicha información, de seguro ya habrá tiempo para aquello.

—¿Sabes? Tengo curiosidad por saber algo…

—Supongo que ha de ser mi nombre… Pues mi nombre es Anna.

—¿Anna?

—Sí, simplemente Anna, no es necesario dar más detalles. ¿O acaso tú me has dado más detalles?

—Ese es un buen punto. Por lo visto nos entendemos bastante bien y asumiremos que, para bien o para mal ambos hemos dado nuestros nombres verdaderos.

—Has de saber que yo no ando por la vida ocultándome y siempre voy de frente y, por lo que he visto de ti en este breve tiempo, tengo la impresión que me he encontrado con algo similar a mí pero en versión masculina. Tienes cara de pregunta… Veamos si soy capaz de satisfacer tus inquietudes… Y por satisfacer tus inquietudes me refiero a cosas prácticas como las ocurridas esta noche y no al chabacano tema que de seguro estás en estos momentos pensando. Ponme a prueba… Pregunta.

—Es un juego entretenido… Voy entonces con las preguntas… Pero antes… ¿Quieres un poco más de vino Anna?

—Tú tranquilo que ya me lo serviré yo cuando así lo desee… ¿Y tú?... ¿Quieres un poco más de vino Alberto?

—No por el momento y, mi nombre es Albert, pero de seguro más adelante te divertirás mucho con mi amigo Alberto.

—Pues si es así espero me lo presentes pronto, aunque por ahora y como frente a mí está Albert, pues bueno… con Albert es con quien deseo compartir esta velada… Vamos, pregunta Albert…

—¿Cómo has descubierto el engaño?

—Muy simple, lleva más de una semana comentando que no tiene claro cuándo deberá ausentarse por trabajo, cosa que no es consistente con su modo de actuar. Es metódico, ordenado, el no saber cuándo deberá hacer alguna actividad le tendría muy intranquilo, sin embargo, se le notaba muy relajado y alegre. Su alegría comenzó a aumentar en intensidad con los días, lo que obviamente una mujer nota y eso me indicó que la fecha se aproximaba… ¿Qué más podría ser?... Era obvio que se trataba de una mujer, y a juzgar por la cara de bobalicón que iba teniendo a medida que los días avanzaban era nuevamente obvio que se trataba de alguien mucho más joven…

Albert le interrumpe diciendo…

—¿Mucho más joven que tú o mucho más joven que él…?

—Mucho más joven que ambos querido y por favor no me vuelvas a interrumpir, es una de las cosas que me molestan en esta vida…

Albert nuevamente le interrumpe diciendo…

—Y supongo que el engaño es la otra… Perdón por interrumpir, no me he podido contener a dejar pasar este mágico momento con ese desatinado comentario… Por favor prosigue…

—Te las dejaré pasar porque recién me estas conociendo, pero ten por seguro que no soy de las que toleran cosas que ya he dejado más que claro que me molestan… ¿Me comprendes, amigo?

—Perfectamente… Y gracias por llevarme tan rápido a la

categoría de amigos, aunque te adelanto que en mi mente ronda la idea de tenerte como amiga con ventaja.

—Decidido el hombre, eso me gusta mucho. Pero eso de la ventaja no depende de ti, depende exclusivamente de mí. Bueno, como te iba comentando, se veía venir algo con solo ver su comportamiento y por lo mismo revisé su celular y leí los mensajes, de esa manera supe exactamente el día, hora y lugar. Como don bobalicón ya había efectuado la reserva del lugar investigué en la red y me enteré que era posible compartir el código para ingresar a la cabaña, así que desde su celular fue exactamente lo que hice, de esa manera pude ingresar sin problemas a enfrentarlo. Obviamente no me rebajé a discutir con su amiguita de una noche y simplemente me limité a contarle unas cuantas verdades iniciando obviamente por el contrato prenupcial que hábilmente le sugerí firmar antes de casarnos. El cuerpo de una mujer es un buen incentivo para un hombre, sobre todo para un hombre de negocios, pero… El dinero… El dinero es algo que está por encima de todo para los sujetos que se mueven en las altas esferas y mi bobaliconcito es uno de ellos…

Tímidamente Albert levanta la mano como si de un escolar se tratara y espera pacientemente que Anna se digne permitirle hablar. Esto divierte a Albert y nota en la mirada de Anna que ella también disfruta esa sensación de poder, aunque ambos saben que en el fondo es solamente eso, un juego. Ninguno soportaría en realidad un trato de ese estilo.

—¿Qué deseas preguntar esta vez?

—Espero no ser chabacano con la pregunta pero… ¿Lo interrumpiste antes, durante o después de…?

—Por favor Albert, por favor… Mírame… ¿Me crees capaz de interrumpir a un hombre ansioso en una actividad de esa naturaleza?…. ¡Por favor no me respondas!… Ciertamente lo que hice fue pensar en la forma de generarle la mayor insatisfacción posible y, en ese sentido pensé que la mejor manera de hacer eso era simplemente permitiéndole disfrutar el breve preámbulo y luego aparecer, así sería como quitarle de la boca el dulce caramelo que estaba a punto de disfrutar… ¡Por supuesto que no le iba a permitir consumar su momento!… Eso sería inadecuado de parte de su mujer… Además, piénsalo por un momento… ¿Te imaginas las ganas acumuladas del bobalicón?... Veo en tu rostro que hay más preguntas…

—¿Y por qué ese interés por acumular ganas…? ¿Y no consideraste que el bobalicón podría dar rienda suelta a sus acumulados deseos en el vehículo de regreso a casa…? Si mal no recuerdo la jovencita iba a su lado y no creo que el vehículo fuera un impedimento para hacer lo que iban a hacer…

—Pero que inteligente me has salido, muy inteligente, pero los hombres no saben ver las pequeñas sutilezas de nosotras las mujeres hechas y derechas… Es simple, muy simple… Presta atención y aprende… Tan pronto bobaliconcito dejó la cabaña le envié un mensaje previamente escrito, con ese mensaje me aseguré que el sujeto no haría nada con la jovencita, nada, pero nada de nada… Por tu cara veo que no tienes la menor idea de lo que estoy hablando. Por favor sírveme un poco más de vino Albert.

—Se ve que eres una mujer muy preparada y bastante decidida, toma, ¿deseas algo más?... —dice picaronamente.

—No por el momento, permíteme continuar… ¿Qué decía el mensaje?, de seguro es algo que ronda en tu mente… Simplemente le escribí que podía olvidar lo ocurrido si me lo pedía de buena manera y me explicaba qué le motivó a hacerlo… A cambio de eso, y si me satisfacía su respuesta, le daría una noche de placer que me digno regalarle de vez en cuando en su cumpleaños, definitivamente esa sensación bobaliconcito ha reconocido que es lo más excitante que ha vivido en toda su vida. Y te aseguro que por nada del mundo se la perdería.

—Será muy bueno lo que le haces, pero… ¿Qué le impediría hacerlo con la jovencita y luego contigo en casa?

—Me daría cuenta de eso.

—¿Y cómo te darías cuenta de aquello?

—Conozco a bobaliconcito y no es tan hábil como para hacerlo tres veces seguidas. Así que simplemente le doy un primer regalo y luego voy por el segundo, si no rinde es obvio que ha descargado parte de su energía en otro establecimiento… ¿me comprendes?

—En mi caso eso no te funcionaría…

—¿Y por qué?

—Sin sonar presumido, mi equipo puede hacer más de tres entregas en el punto indicado, modestamente.

—¿Y qué pasaría si simplemente hace una descarga y con ello te das cuenta que ha hecho lo suyo con la jovencita…?

—Se queda con el regalo pero hago valer el acuerdo… Y créeme, es mucho dinero, mucho mucho dinero… Definitivamente para él esa opción no es una opción.

—Ya entendí, en esas ligas el dinero lo es todo, nada está sobre el dinero. En todo caso me he dado cuenta que a ti te gusta estar sobre el dinero, sobre el sujeto que posee el dinero…

—No me malinterpretes, el dinero es importante, pero no lo es todo en la vida. Yo disfruto la compañía masculina, la disfruto mucho y hago que mi pareja lo disfrute tanto como le sea posible.

—¿Solamente compañía masculina…?

—Ese tipo de historia será para otra ocasión, si es que la hay… Debo marcharme… Ha sido un placer conocerte… Dame tu número telefónico, quizás te llame…

—De seguro llamarás, siento que hay chispa entre nosotros, dame tu número para que te pueda llamar y así registres mi celular.

—Las cosas no funcionan de esa manera Albert… Díctame el número, yo lo anotaré y luego veré si tengo deseos de llamar… Si te doy mi número antes de un día ya me tendrás varias llamadas hechas y no es mi intención que eso suceda. ¿Comprendes?

A regañadientes Albert asiente con la cabeza mientras comienza a dictar su número telefónico que previamente ha buscado en el registro, parece extraño pero no se sabe su propio número.

—Excelente, nuevamente se nota que eres alguien que sabe seguir indicaciones, eso me agrada. Quizás nos volvamos a ver, ha sido un gusto Albert…

—Al menos permíteme llevarte a tu casa…

—Buen intento Albert, buen intento… No te diré donde vivo y debes recordar que he venido en automóvil.

—Tienes razón, el ronroneo de tu motor fue el que me impulsó a ir a ver qué ocurría… Es un bello auto el que tienes, aunque siento que es una máquina que no calza el ciento por ciento con tu personalidad.

—Sabes, puedo retrasarme unos momentos… Como eres un sujeto simpático te contaré un pequeño secreto… Has acertado con lo del vehículo. El vehículo no es mío, es arrendado. Lo hice de esa manera para que fuera una completa sorpresa el verme llegar y no que supiera anticipadamente que era yo quien llegaba. El segundo motivo, pero no por eso menos importante es que si, por esas cosas de la vida, me generaba tanta rabia la situación, cosa que era poco probable, pero no por eso algo que no pudiese ocurrir, el objetivo era chocar con el vehículo su preciada joyita, el seguro se encarga de todo, él queda sin su automóvil un buen tiempo y el mío no sufre daño alguno. Es increíble lo que puede llegar a pensar una mujer cuando ve que se meten en su territorio… Bueno, ahora sí debo marchar, ha sido un gusto conocerte Albert. ¡Ah!, y de seguro en algún momento, si es que la ocasión se da, me encantaría que me presentaras a tu amigo Alberto, de seguro debe ser encantador.

Diciendo estas palabras Anna abandona la cabaña sin voltear la cabeza. Se sube a su vehículo y ronroneando el motor un par de veces se aleja del lugar mientras Albert queda con el pensamiento que la presentación de su amigo es ciento por ciento seguro que será del agrado de Anna.

La conducción rumbo a casa es sin prisa, debe darle tiempo a su marido para que aclare bien su mente. Un mensaje llega pronto a su celular. Anna lo lee asombrada, no esperaba algo así… «Espero que más pronto que tarde te comuniques conmigo, sugiero juntarnos en el mismo lugar donde nos hemos conocido». Anna detiene el vehículo a un costado de la carretera y con cierta controlada rabia disca el número que momentos antes le ha dictado Albert.

—¿Cómo lo has conseguido?

—¡Anna, qué gusto oír tu agradable voz…! Pensé que llamabas para concretar una cita… Bueno, cuando lo hagas te comentaré entre copa y copa… y algo más… como lo he conseguido… Disfruta lo que sea que le hagas hoy a tu bobaliconcito…, me encantaría probar algo de aquello en nuestra primera cita…

—En tus sueños Albert, en tus sueños —dice Anna mientras

reanuda la marcha.

La he impresionado, eso es seguro, piensa Albert mientras se acomoda en la amplia cama, en su mente ronda la idea de la autosatisfacción, pero rápidamente desiste de aquello, ya está grande para esos juegos poco fructíferos, se vuelve a acomodar y al poco rato entra en un profundo y reparador sueño. Por su parte Anna ya ha llegado a su casa y al ingresar encuentra sentado en el sofá a su marido quien con un par de copas servidas le mira con culpa y le invita a sentarse y conversar sobre lo ocurrido. Las cosas fluyen tal como las había pensado Anna y luego de unos interminables minutos de sufrimiento se acerca y le abraza mientras rosa con su rodilla el miembro de su marido. Le mira lujuriosamente y mientras se aleja de él va despojándose de sus ropas y dice…

—Ven, te has ganado un premio, espero estés a la altura… ¿Será así?

—Sí querida, así será… —dice bobaliconamente el bobalicón mientras avanza sintiendo que su entrepierna está a punto de estallar, cosa que le preocupa pues debe estar a la altura de lo que vendrá, detiene su andar, respira hondo y comienza a pensar en cosas desagradables para desactivar su pujante ánimo…

Al llegar a la habitación se encuentra con su mujer que tendida en la cama con una sugerente ropa interior de encaje le invita a sentarse a su lado golpeando con suavidad la almohada. Tan pronto eso ocurre Anna da inicio a un breve pero significativo comentario.

—Hasta antes de este día nos comunicábamos todo, por lo mismo no entiendo el porqué de tu intención de tener una escapadita… Somos adultos, podemos hablar las cosas y llegar a acuerdos. Lo que realmente me ha molestado es el hecho que no me lo hayas dicho. Para ser completamente sincera, no estoy en contra de que de vez en cuando tengas una escapada, pero quisiera que me lo dijeras antes.

—¿Me estás diciendo que de vez en cuando puedo salir con otras mujeres? Ciertamente este comentario no me lo esperaba.

—Puedes salir de vez en cuando, no es que eso pueda ser algo que se vuelva cotidiano. Eso sí, obviamente este es un carril de dos sentidos… ¿Comprendes?

—No sé si desee que alguien más esté contigo… Es algo complicado de digerir en estos momentos Anna.

—Démosle tiempo al tiempo y veamos cómo se van dando las cosas, por ahora prepárate para lo que viene.

Poco a poco la situación vivida queda en el pasado, por ahora el presente es el presente y el placer de ambos poco a poco va en aumento. Entre gemidos ambos se dejan llevar. Anna está complacida que su bobalicón siga siendo el mismo bobaliconcito de siempre. Entre medio del placer la idea de compartir con Albert ronda un par de veces en su lujuriosa mente.

Albert estaciona el vehículo, como tantas veces frente a la cabaña, como ya es habitual es la número ocho. En su interior se encuentra Anna cómodamente sentada bebiendo una copa de vino al tiempo que hojea una carpeta con documentos. Levanta brevemente la vista para saludar a Albert y continúa su lectura. Albert sabe de memoria lo que aquello significa. Con paciencia se dirige al baño, se refresca rápidamente y se dirige a la cocina en busca de algo para comer y beber. Se prepara un sándwich de pastrami con lechuga y una cucharada de mostaza, abre una cerveza y comienza, en silencio a degustar su preparación. No logra comer todo el sándwich y menos aún beber toda la cerveza, se limpia torpemente los labios con una servilleta y vuelve a dirigirse al baño a lavarse prolijamente la dentadura y escobillar muy bien su traviesa lengua. Dirige una palabra a Alberto y se encamina al living donde con suavidad se acomoda al lado de Anna.

—Termino en un minuto querido –dice Anna, mientras comienza a acariciar la nuca de Albert.

—¿Es eso lo que creo que es?

—Por supuesto Albert, no puedo dejar nada al azar, es un negocio importante, además que el viaje será muy entretenido, al menos para mí lo será, en tu caso será solamente un viaje de trabajo, en cambio yo, ya tengo mi parte resuelta y voy simplemente por una especial invitación del propietario del proyecto, Malek en persona, el hombre es viudo y bueno, me conoces, un hombre viudo de mediana edad y muy muy rico…

Simplemente estoy comenzando a evaluar mis opciones, sopesando a bobalicón con Malek.

—¿Sopesando?... ¿Qué tienes que sopesar? No conoces al tal Malek. Creo que te estás precipitando Anna. Mejor relájate, déjame que te ayude con eso. Creo, a estas alturas saber exactamente qué necesitas según tus estados de ánimo. Permíteme dejar esa carpeta a un lado para dar comienzo a un delicioso masaje como anticipo de lo que está por ocurrir, ¿te parece?

—Me parece estupendo, puedes comenzar, lo digo porque siento que te has aseado los dientes, es, obviamente, lo mínimo que debes hacer   dice con una sonrisa Anna.

—¿A qué viene esa sonrisa?

—Me acabo de acordar de nuestra primera vez, ¿la recuerdas?

Albert asiente y sonríe.

—Como no recordarla, si tu curiosidad por saber cómo había obtenido tu número telefónico te hizo llamarme antes del fogoso encuentro que tuviste con tu marido. Eso fue algo realmente impresionante. ¿Sabes? Desde esa vez siempre he sentido que cuando estás conmigo eres realmente tal cual eres, sin ninguna careta.

—La verdad es que así ha sido, tienes toda la razón. Recuerdo que, junto con hacerte ese día el comentario que un cuerpo completamente limpio era imprescindible para tener intimidad conmigo, cosa que nunca más se te olvidó, pues he notado que te has cepillado muy bien los dientes y definitivamente vienes bien aseado, también lo era el ser completamente sinceros, sin ocultarnos las cosas importantes. Y esa vez me contaste el cómo habías conseguido mi número, revelando con eso tu actividad laboral. Y, en retribución también te comenté qué hacía para vivir. ¡Quién diría que además de amantes terminaríamos trabajando juntos! El diseño del complejo de cabañas era idea tuya y como tal tenías acceso a las bases de datos de los clientes pues hábilmente en el sistema habías solicitado una puerta de acceso a los sistemas. Cosa que realmente nunca he entendido para qué la querías, pero, en fin, basta de palabras y vamos a lo que hemos venido.

—El acceso al sistema era necesario para así, cada vez que viniera estaría en condiciones de borrar cualquier rastro de mi ingreso al complejo de cabañas y ese acceso me fue de mucha utilidad para llamarte. Y durante todo este tiempo que llevamos frecuentándonos me ha servido para borrar el rastro de nuestras reservas. Obviamente que tú, al igual que yo has borrado la información del celular, ¿cierto?

—Ya deja de hablar Albert… Es momento de entablar una profunda conversación con Alberto, con el increíble Alberto…

Mientras Albert hace lo suyo con Anna, a varios kilómetros de ahí, en la oficina de la empresa de arquitectura, más específicamente en uno de los ascensores una desinhibida Bernardita espera impacientemente frente a la puerta del elevador. Por su mente pasa la idea que quizás su cita de esta noche se haya arrepentido y deba regresar a casa sola a satisfacerse con alguno de los juguetes que tiene en el velador junto a su enorme cama. De pronto la puerta se abre con el característico sonido de la campanilla y en su interior un sujeto medio desnudo le invita a subir.

—Veo que has alhajado el lugar de manera espectacular, es bueno no tener que sentir el duro suelo en la espalda. La colchoneta que has colocado es más que suficiente… Acomódate que empezaré a darte tanto placer que en lo único que pensarás durante mucho tiempo es en este preciso momento…

Los gemidos aumentan el placer del sujeto que se deja querer para posteriormente preocuparse de hacer lo suyo con la esperanza de estar a la altura de satisfacerla plenamente… La idea de un trío que ella le ha mencionado depende en gran medida de su desempeño de esta noche… Tímidamente pregunta mientras con suavidad desliza sus dedos por el cuerpo de Bernardita…

—¿La otra mujer será tan apuesta y jugada como lo eres tú?

—No hables en estos momentos y continúa haciendo eso que estás haciendo, sigue así… sigue así… no pares… no pares…

Capítulo 2

—Esto de viajar me encanta, pero, levantarse temprano para tomar el vuelo es algo que siempre he odiado. Hace que mi ánimo se descomponga. Es el primer viaje que hacemos juntos y espero que te comportes.

—Por supuesto Anna, no faltaba más. Son varias horas de vuelo y es necesario descansar. Además que, si mal no recuerdo tú misma has mencionado que vamos por trabajo, solamente por trabajo. En lo personal pienso que de seguro, si quisiéramos nos podríamos dar una pequeña escapadita y ver que tal son las cabañas del lugar al que vamos… He notado que viajas ligera…

—¡Obviamente! Cuando lleguemos a destino me compraré un par de maletas costosas y me iré de compras tan pronto pueda. Para eso definitivamente sí me he hecho tiempo. Por otro lado te comento que las habitaciones del hotel donde nos hospedaremos superan cualquier fantasía que hayas tenido. Definitivamente te falta viajar, te falta mundo querido. Verte con esa mochilita y tu notebook fue algo que bueno, mejor no te digo. Tienes suerte de tenerme de compañera de viaje, si podemos arrancarnos te lo haré saber. Pero, te vuelvo a repetir, este es un viaje de trabajo, no de placer y por nada del mundo arriesgaré este y los futuros proyectos por estar con Alberto… ¿Me has comprendido Albert?

—Te comprendo Anna, te comprendo perfectamente. Tengo entendido que son algo más de quince horas de vuelo, y creo que con suerte dormiré una seis horas, el resto lo dedicaré a ver películas a menos que…

—Por lo visto eso de calcular tiempos y optimizar se te da bien… Debo revisar unos documentos, eso me tardará unos cuarenta minutos, máximo una hora. Luego de eso me levantaré e iré a lavarme las manos y los dientes… Si de casualidad te nace el deseo de hacer lo mismo, con gusto puedo hacer algo ya que tendré las manos y la boca limpias y dispuestas para hacer algo entretenido a diez mil pies de altura, el espacio es reducido pero nuestros cuerpos estarán bastante juntos.

—Tengo una duda Anna… ¿Tener sexo en un avión es legal?

—He sabido de casos en los cuales se ha considerado ilegal, pero… Yo que tú no me fijaría en esas cosas, sobre todo si supieras las cosas que yo tengo en mente para hacer en ese pequeño habitáculo con nuestro ya mejor amigo Alberto.

Diciendo esto Anna se acerca al oído de Albert y el comentario que hace genera en Albert una amplia sonrisa. Luego de unos segundos es Albert quien susurra al oído de Anna y esta vez es ella quien tiene en su rostro una amplia sonrisa. Con disimulo desliza su mano entre la entrepierna de Albert y con un guiño de ojos le dice…

—Termino este tema del trabajo y estoy con ustedes. Te recomiendo beber algo de agua antes y por supuesto bastante agua después.

—Mientras revisas la carpeta yo iré a ver el terreno que nos servirá de cabaña, permiso, voy y vuelvo.

Con poco disimulo Albert, que va al lado de la ventanilla del avión se levanta y al pasar frente a Anna, fingiendo una turbulencia, coloca a la altura de sus labios el lugar que momentos antes Anna ha acariciado. Ella no evade el bulto, muy por el contrario le mira fijamente a los ojos al tiempo que hace un gesto de saborear lo que generosamente Albert ha puesto a la altura de sus carnosos labios. Albert, en este tipo de cosas tiene bastante experiencia, pese a eso, su alegría se ha manifestado de manera evidente, con rapidez toma una de las revistas y con ella como escudo avanza por el pasillo. Al llegar a su destino nota que el habitáculo está ocupado por lo que decide avanzar hacia el siguiente punto, en su mente se imagina ir a otra cabaña que de seguro será igual que la que en estos momentos está ocupada. Un auxiliar de vuelo se acerca prontamente a Albert y de manera muy gentil le consulta si necesita algo. Albert le agradece al joven su preocupación y le comenta que solamente está estirando las piernas ya que no tiene costumbre de volar y le han comentado que a veces se puede producir algún trombo debido al tiempo sentado. El joven le mira y sonríe, al tiempo que le invita a sentarse en el entendido que llevan apenas una hora de vuelo y eso generalmente ocurre en muy contadas ocasiones y en personas con alguna enfermedad de base, la otra forma es por el escaso espacio disponible para sentarse, situación que tampoco es la suya caballero, en general, lo mejor es estirar y encoger las piernas para así no mantener por mucho tiempo las rodillas flexionadas, eso evita ese tipo de situaciones. Puede caminar si así lo desea, pero le sugiero que vuelva a su asiento a la brevedad. Diciendo estas palabras el joven auxiliar de vuelo encamina sus pasos para juntarse con su colega que le pide gentilmente con un gesto que le ayude en las tareas propias de su actividad. De reojo Albert nota que la compañera del joven es una esbelta morena de torneadas piernas que más bien parece una seria aspirante a Miss de un concurso de playas y piscinas. Mientras avanza para observar el baño que ya casi está a su alcance va pensando en lo interesante que sería un trío entre aquella desconocida mujer y Bernardita. De seguro él la pasaría de maravillas. El habitáculo está vacío, es de tamaño bastante reducido y eso lo ve como una complicación. Ingresa, aprovecha de usar la instalación y cuando ha terminado intenta imaginarse las posiciones que debería adoptar para lograr una profunda complementación con Anna. No está convencido del todo con respecto a si es el lugar adecuado para aquello, pese a eso no dejará pasar la oportunidad que tiene en sus manos. Se refresca la cara y humedece levemente su pelo decidido a regresar a su asiento y esperando toparse con la bella auxiliar para al menos recrear la vista. La divisa a lo lejos esmerada en atender los diversos requerimientos de una familia con sus tres pequeños hijos. Está en eso cuando alguien le habla…

—¿También ha decidido dar un paseo?

Albert se gira y ve a pocos pasos de él a una mujer de mediana estatura, cuerpo proporcionado bella sonrisa y una mirada intensa y brillante que le mira directo a los ojos esperando una respuesta o al menos algún comentario de su parte. Por el reloj que lleva en su muñeca, unido a los anillos, collar y ropa que viste, definitivamente es una pasajera que está viajando en primera clase. En el caso de Anna y el suyo, dado que el negocio se cerró en la última reunión, los pasajes disponibles para usar lo más pronto posible eran los business, pero de regreso reservaron en primera clase, situación que si bien les complicó en un principio era un necesario sacrificio dado el proyecto que estaban llevando a cabo. Albert mira a su alrededor para observar si alguno de los otros pasajeros se muestra incómodo por su presencia y dado que cada uno continúa enfrascado en sus asuntos…

—Efectivamente, un paseo para estirar las piernas y de paso refrescarme un poco, por lo que veo ambos estamos en la misma sintonía…

—Le noto algo inquieto, no le gustaría comentarme a qué se debe eso… Quizás algún comentario mío le pueda ser de utilidad… Espero que no tenga temor de volar… Por cierto, mi nombre es Charlotte –dice la joven extendiendo su suave mano en dirección a la de Albert.

—Es un placer, soy Albert —mientras saluda acaricia levemente la mano de la joven, que, como si el gesto fuera algo muy natural no retira su mano, muy por el contrario responde al saludo de igual manera.

—¿Y bien Albert?

—Me has caído en gracia, te contaré algo —dice Albert acercándose a Charlotte mientras baja la voz —. Lo que realmente estoy haciendo es dar un vistazo a las condiciones en las que se encuentra el lavabo de abordo… Viajo con una amiga y tiene esa extraña fantasía de… bueno… ¿me entiendes, cierto?

—Perfectamente Albert, te entiendo perfectamente…

El comentario de ambos hace que los pasajeros que están más próximos a ellos manifiesten una breve risita y comiencen a hablar en voz baja… Tanto Charlotte como Albert logran escuchar uno de aquellos comentarios, es el del sujeto que está a las espaldas de Charlotte… «Espero que si hacen lo que dicen que quieren hacer lo hagan sin escándalo… aunque prefiero que una pareja se entretenga a diez mil pies de altura a que una persona haga uso del lugar y su perfume invada toda la cabina»…

Charlotte observa que el auxiliar de vuelo ha notado la situación y comienza a avanzar en dirección a ellos. Con rapidez toma del brazo a Albert y le guía hasta el baño más cercano, una vez ahí abre la puerta y le introduce en su interior y comienza a avanzar en dirección a su asiento. Aquella maniobra logra que el auxiliar desista de seguir avanzando y regresa a su asiento junto a su compañera de trabajo. Charlotte cruza la cortina y desde el otro lado observa atentamente, esperando su oportunidad para poder regresar hasta el lugar donde momentos antes ha dejado a Albert.

Según sus cálculos con un minuto será tiempo más que suficiente para que el sujeto revise el lavabo y se haga una clara idea si podrá o no cumplir con la fantasía de su compañera de vuelo. Cuando Albert abre la puerta se encuentra cara con la pregunta…

—¿Y bien? ¿El espacio te parece el adecuado para la labor que pretendes realizar en su interior?

—Ha sido una buena maniobra la que has realizado Charlotte, te lo agradezco y, con respecto a tu pregunta, ciertamente es bastante reducido el lugar, pero… ¿Quién soy yo para frustrar una fantasía… cierto? Que no se ande diciendo por ahí que no he sido capaz de ayudar a una dama en apuros.

—Esa es una manera muy elegante de decir lo que le harás, es primera vez que escucho que alguien se exprese con respecto a aquello de esa manera. Mis felicitaciones. Es una pena que no se tenga más espacio en su interior para alguien más…

Albert la mira y sonríe sin decir palabra alguna. La vuelve a mirar esta vez muy lentamente como si la escudriñara con sus ojos cual si fueran rayos que traspasan su vestimenta. Su actuar es observado atentamente por Charlotte y, una vez que Albert ha concluido su recorrido visual espera con algo de ansiedad que el sujeto que acaba de conocer haga algún comentario.

—Es obvio que no hay más espacio, pero, eso no impide que se pueda visitar nuevamente el lugar con una mujer de hermosos ojos como los que en estos momentos estoy observando.

—Es una oferta tentadora, pero me sentiría más cómoda si fuera yo quien diera inicio a tan agradable acto.

Albert hace un gesto con la mano dándole a entender que pase al lugar donde ocurrirá el fugaz encuentro, pero Charlotte le toma con fuerza la mano y le conduce caminando delante de él mientras guía su mano hasta rozar la suave tela de su vestido que cubre su bamboleante y atractiva parte posterior. Albert está bastante desconcertado pues el lavabo que acaban de pasar es el último disponible y definitivamente no se arriesgaría a hacerlo en la cabina a vista y paciencia de todos… Pese a eso, su mente comienza a imaginar la situación con las personas alrededor… unas reclamando a viva voz… otras avivándolo… otras grabando con sus celulares… Esa última imagen le aterra y le trae nuevamente a la realidad. Vuelve a sentir el agradable roce de su mano en la parte posterior de su guía. Se adelanta un poco y con su mano izquierda toma la cintura de Charlotte para detenerla y hablarle al oído.

—Charlotte, soy definitivamente un hombre que sabe tomar riesgos pero creo que, aunque la oferta sea demasiado tentadora deberé declinar por esta vez.

—Charlotte se gira, se detiene y se ubica frente a él, a muy corta distancia para así poder susurrarle al oído…

—¿Declinar? Pero ¡qué palabra más elegante has usado! ¿Estás seguro que quieres declinar esto? –mientras dice esas palabras guía la mano de Albert debajo de su vestido y le ayuda a moverla en ese lugar.

Luego de eso le hace un gesto de silencio con sus dedos colocados en los labios de Albert y con la mirada le convence de seguirle. Avanzan algunos pasos y se encuentran con la cortina divisoria de la zona exclusiva del avión, Charlotte la desliza elegantemente y hace ingreso al lugar seguida muy de cerca por Albert. La auxiliar de vuelo se incorpora rápidamente de su lugar y espera atenta la indicación de Charlotte.

—Me he encontrado con un viejo amigo, nos pondremos al corriente unos momentos, por favor…

—Como usted lo indique señorita Charlotte… Con el permiso de ustedes…

—Me has impresionado Charlotte, supuse que viajabas en primera clase pero… Comprar todos los asientos me parece realmente algo muy extraño… ¿Me dirás el motivo?

—Tengo entendido que este vuelo hará una breve escala y luego de eso reanudaremos el vuelo, –mirando su costoso reloj dice… Esa escala ocurrirá dentro de unos veinticinco minutos más y no desperdiciaré ese tiempo explicándote algo que por lo demás no viene al caso. Ven siéntate hay mucho más espacio que en el lavabo como ya te habrás dado cuenta. Yo sugiero que usemos la cama primero.

—¿Primero? —dice algo intrigado Albert.

—Por supuesto, con ese cuerpo que tienes al menos lo haremos dos veces Albert. Soy una mujer muy exigente pero muy hábil, así que deja todo en mis manos, ya te diré cuando debas hacer lo tuyo.

La privacidad de primera clase unida a la atracción física que Charlotte le provoca hace que en la primera relación permita que sea ella quién guíe cada movimiento. La segunda vez es él quien definitivamente controla la situación y hace gala de toda su técnica y poder de seducción para llevar a Charlotte a mayor altura de la que ahora se encuentran. El rostro de satisfacción de la mujer es más que evidente y tan pronto ya todo ha concluido se separa de un también sonriente Albert y se dirige a un pequeño bolso desde el cual extrae una tarjeta de presentación. Se la extiende a Albert, le besa en los labios, le agradece lo que momentos antes han vivido y con gentileza le indica que es tiempo que regrese a su asiento pues la nave de seguro ya debe estar por iniciar la maniobra de aterrizaje.

Al salir saluda con una reverencia a la auxiliar de vuelo que le mira de manera insistente.

—¿Ocurre algo señorita?

—Nada caballero, pero si me lo permite le limpiaré el rastro del rouge de los labios de la señorita Charlotte que de seguro accidentalmente ha llegado hasta su cuello. Nada que una toallita húmeda no pueda resolver… ¡Listo! Por favor regrese a su asiento estamos por dar inicio a las maniobras para aterrizar, estaremos breves minutos y reanudaremos el vuelo.

—Muchas gracias por su gentileza al limpiar la evidencia. ¿Sabe usted a qué se debe esta escala?

—No señor, no manejo esa información. Por favor vaya a su asiento, me alegra que esté disfrutando su viaje, muchas gracias.

—Por el contrario, muchas gracias a usted.

Con rapidez Albert camina por el pasillo y accede a su asiento esta vez pasando lo más retirado que puede de Anna.

—¿Qué ocurre Albert?, has notado que el avión está comenzando a girar…

—Por lo que tengo entendido haremos una breve escala, pero no conozco más detalles.

Por los parlantes se oye decir al capitán de la nave que se realizará una breve escala para el abordaje de algunos pasajeros y que tan pronto eso ocurra reanudarán el vuelo. La espera será breve, por favor traten de no levantarse de sus asientos.

—¿Escuchaste eso Albert?

—Por supuesto Anna, por supuesto, de seguro deben ser sujetos muy importantes, no se nos indicó nada de una escala en este vuelo. Pero bueno, el capitán ha mencionado que será breve, eso es bueno.

—No es bueno Albert, es muy bueno.

—¿A qué te refieres con eso Anna?

—Presta atención. Tan pronto se encienda la señal de soltarse los cinturones nos dirigiremos al baño más cercano. Debemos ser los primeros en entrar, ya veremos cómo justificamos el estar ambos en su interior. Comienza a preparar a Alberto, yo haré lo mismo. El ruido que se generará nos ayudará a cubrir cualquier gemido exagerado que se nos pueda salir durante nuestra ardiente actividad. ¡Ya pues Albert! ¡Comienza a hacer lo tuyo con Alberto! ¡No esperarás que sea yo quien te ayude! ¡Estoy ya bastante ocupada con lo mío!

Albert obediente comienza a manipular a Alberto con la esperanza de que esté a la altura de las circunstancias dada la exigente actividad vivida con Charlotte. Poco a poco su cuerpo va respondiendo y tan pronto dan la señal que les permite liberarse de sus cinturones ambos salen apresuradamente rumbo al pequeño habitáculo que les permitirá dar rienda suelta a su deseo, que si bien no será a diez mil pies de altura sí será en el lugar reducido que aquella nave posee. Algunos pasajeros comentan lo poco usual de esta escala, otros intentan terminar la película o el libro elegido y los gamers continúan manipulando los controles y sumando puntos a su favor. Mientras aquello ocurre Anna y Albert ya están en plena realización de la fantasía de Anna. Saben que el tiempo es breve, por lo mismo, deben concentrarse en lo que ambos están haciendo y disfrutar cada segundo. El reducido espacio no es impedimento para Albert quien con mucha flexibilidad se acomoda para disponer del mejor ángulo de ataque, como diría un experto piloto de guerra, con precisión milimétrica manipula los sensores de Anna y le va llevando poco a poco a ganar más y más altura, la mantendrá ahí por algunos minutos y finalmente descargará toda su artillería en la ya casi satisfecha compañera de vuelo. Para la buena fortuna de ambos ya han terminado y comienzan a arreglarse pues en la puerta se escuchan los suaves golpes que de seguro son del auxiliar de vuelo. Anna decide que será ella quien salga primero y le dejará a Albert el intentar dar alguna explicación, de seguro algo se le ocurrirá piensa ella mientras sin saludar hacer abandono del lugar y como si nada ocurriera se dirige a paso lento hasta su asiento. Albert no considera necesario intentar explicar lo evidente y piensa que una simple sonrisa será suficiente para explicar lo obvio de la situación, pero, al parecer las cosas tomarán un inesperado rumbo

—Caballero, es bueno verle de nuevo y notar que se ha mantenido entretenido durante el viaje.

Las palabras de la auxiliar que momentos antes le ha limpiado el rouge, logran sacarle una sonrisa.

—Ciertamente este ha sido para mí un excelente viaje, espero que mis actividades no le compliquen su labor señorita.

—Para nada caballero, pero, si aún le queda «cuerda a su reloj» —dice mirando un poco más abajo de la hebilla del cinturón de Albert —, me permito comentarle que tengo un breve descanso de veinte minutos dentro de quince minutos y, como auxiliar de vuelo dispongo de un habitáculo privado de dimensiones similares al que usted ha utilizado hace breves momentos… es el que está al final del pasillo a la izquierda, en la puerta se ve un cartel que indica Staff Break… Piénselo, estaré ahí dentro de quince minutos y por exactos veinte minutos que espero sean los mejores veinte minutos de mi vida.

Albert ve alejarse a aquella mujer mientras camina en dirección a su asiento, le dedica una sonrisa a Anna quien le responde de igual manera y vuelve a concentrarse en una carpeta que al parecer aún necesita revisar en profundidad. Por su parte Albert se acomoda en su asiento intentando decidir si aceptar o no la propuesta recibida. Bebe un poco de agua y mira descuidadamente por la ventana. Al cabo de unos segundos la decisión ya está tomada. Mira su reloj para saber cuándo debe levantarse de su asiento y de reojo mira su otro reloj y le comenta mentalmente que tiene toda su confianza depositada en él.

–No es momento de fallarme amigo Alberto.

La señal de despegue ya está encendida, los minutos, pese a la algo larga detención, han pasado rápidamente. Seguramente el tiempo que la joven le ha mencionado está directamente relacionado con las actividades previas al despegue y su posterior periodo de descanso. Anna continúa en sus cosas y Albert solamente espera la indicación que le permita liberarse del cinturón de seguridad para ir por un bien merecido trofeo aéreo. Ni por un momento se lo ocurre pensar que a su vez la joven puede estar pensando de la misma manera.

Ya está frente a la puerta que le separa de su próximo encuentro. Golpea con decisión para luego abrir y ver frente a él a la joven recostada en un asiento extendido ciento ochenta grados completamente desnuda. El cálido ambiente del lugar unido a un agradable aroma floral le activa rápidamente sus sentidos. Rápidamente cierra la puerta y se ubica sobre aquella hermosa pista de aterrizaje luego, utilizando la parte delantera de su avión como punta de lanza mientras los neumáticos que le acompañan se acomodan y rozan la zona de aterrizaje da inicio a un nuevo y placentero viaje al sonido de los agradables gemidos de aquella mujer que sin prisa, pero sin pausa avanza junto con él hasta llegar al final del camino. El sonido de una alarma le indica a la joven que es tiempo de dejar salir todas las ganas, luego deberá vestirse y retomar sus funciones. Mira fijamente a los ojos a Albert y mientras le susurra cosas al oído va sintiendo como el sujeto que esta vez ha elegido como compañero va poco a poco dejando salir aquel dulce néctar que finalmente termina de disfrutar entre sus cálidas manos y sus suaves labios. Mientras Albert comienza a dirigirse a la salida la joven le hace un comentario.

—Espero que viajes seguido con nosotros, la he pasado de maravillas, sabía que tenías algo especial pero debo reconocer que has superado mis expectativas.

—Ha sido un placer —dice Albert mientras intenta leer el nombre de la joven en la tarjeta que ya es visible en su uniforme.

—No necesitas saber mi nombre, pero yo ya averiguaré el tuyo, espero no te moleste si te llamo alguna vez…

—Estaré esperando esa llamada… Como no sé cómo te

llamas deberás ser bastante específica para recordarte —diciendo esto cierra la puerta y se dirige nuevamente a su asiento.

Anna, que aún continúa revisando la documentación que lleva en la carpeta le mira de reojo y le comenta que luce algo cansado.

—Es mejor que intentes dormir un poco querido, al parecer la actividad te ha agotado más de lo que ambos imaginamos —dice Anna con cara de satisfacción.

—Tienes razón, es mejor que descanse lo más que pueda. Se nos vienen días de mucho trabajo y debo estar en buenas condiciones para afrontar lo que se nos viene por delante. Te agradezco la preocupación.

Anna no le contesta, está tan concentrada en sus cosas que no ha oído una sola palabra de lo que Albert ha dicho.

El resto del viaje continúa sin novedades y el tercer leve empujoncito que Anna le da en el codo le saca de su profundo sueño.

—Es bueno tenerte de vuelta, estamos por llegar. Has dormido ya varias horas. Yo he aprovechado ese tiempo en revisar algunos detalles que me tenían algo inquieta, pero finalmente ya está todo muy claro dentro de mi cerebro.

—Es bueno saber que has cuidado bien el fuerte en mi ausencia… El trabajo en equipo se te da muy bien Anna.

—No te burles, los detalles hacen la diferencia entre un buen desempeño y una catástrofe. Eso bien lo sabes tú. De no ser por la preocupación que prestas a los pequeños detalles yo no la pasaría tan bien contigo. Y si yo no hiciera exactamente lo mismo contigo… ¿comprendes?

—Sí Anna, te comprendo perfectamente… Te agradezco que prestes atención a los detalles… A los detalles de la oficina y a mis detalles… Pasando a otro tema… ¿Deberemos tomar algún taxi o hay algún tipo de transporte destinado para nosotros?

—Tengo entendido que enviarán a alguien por nosotros. Saben nuestra hora de arribo y usarán el típico cartelito con mi nombre. Usarán el mío por un tema de rango, ¿lo comprendes, cierto? Espero que eso no te moleste y si así fuera, pues bueno… —dice Anna dejando escapar una sarcástica risa.

Albert no le hace caso y revisa que nada se quede en el asiento ni en el gabinete. Toma su mochila y su notebook y espera pacientemente que se les permita descender de la aeronave. Por su parte Anna ha hecho los arreglos para que su equipaje, que se ha ido un par de días antes del vuelo, esté en su habitación. Ella sabe de estas cosas, es viajera frecuente. Además que comprará un par de maletas que llenará con artículos que tiene en mente adquirir. Obviamente utilizará el mismo método para hacerlas llegar a su domicilio. El viaje está programado y las reservas en primera clase ya son un hecho. Anna se sonríe pensando que de regreso el lugar de encuentro fugaz que ha tenido con Albert, en el caso de primera clase es exclusivo para los ocupantes de esos asientos, y sus dimensiones son más holgadas. Lo piensa y vuelve a sonreír mientras mira a su acompañante que, ajeno a sus pensamientos, le sonríe sin entender el motivo de ese intercambio de sonrisas.

Ya han pasado los puntos de desembarco y esperan pacientemente a la persona que les llevará al hotel para refrescarse unos momentos, comer algo ligero y dirigirse a la primera reunión con el propietario. Mientras ambos observan buscando a la persona que les servirá de transporte. Albert nota que a lo lejos unos ojos le saludan y a la vez se despiden a la distancia. Son los ojos de la mujer que le ha entregado su tarjeta de presentación, la ve por unos momentos y luego la pierde de vista, va acompañada de otra mujer pero no logra distinguir más detalles. Anna le hace saber que su transporte ya ha llegado. Frente a ellos un sujeto con un cartelito que dice Anna y Albert les hace señas. El sujeto es bien parecido, moreno y de gran estatura. Mientras se dirigen a su encuentro Anna le comenta a Albert que le ha salido competencia. Albert la mira y con mucha seguridad le comenta que como él no hay nadie más, pero, al mirar con más detenimiento al sujeto que será su chofer le entran algunas dudas, pero estas rápidamente se disipan al oír que su tono de voz dista mucho de ser el de un macho alfa hecho y derecho como lo es él. Con una sonrisa mira a Anna y le comenta por lo bajo.

—Hasta ahora sigo siendo el número uno Anna. El número uno.

—Señorita Anna, don Albert, es un placer saludarles, mi

nombre es Hamud y estoy a cargo de su transporte y de proveer lo que ustedes requieran durante su estadía en nuestro bello país. Por favor tengan la amabilidad de seguirme al vehículo.

Anna y Albert hacen un gesto de agradecimiento con la cabeza y caminan detrás de Hamud entre la multitud que de alguna inexplicable manera va haciendo espacio para que su caminata sea muy fluida, casi se diría que alguien muy importante va avanzando y todos le ceden el espacio conscientes de quien se trata. Hamud nota en los rostros de los visitantes su cara de curiosidad y orgullosamente se sonríe. Ya están frente al lujoso vehículo y Hamud abre la puerta trasera para permitir que Anna ingrese primero, luego hace lo propio para permitir que Albert ingrese por la otra puerta. Una vez instalados les menciona que el viaje no durará mucho y que pueden disponer de todo cuanto hay en el vehículo. En una especie de pequeño mini bar notan una amplia variedad de costosos licores seguido de chocolatines delicados pastelillos y, en una caja metálica color plata que está convenientemente abierta notan una variada gama de pastillas, jeringas ya cargadas y pequeñas pipas con su correspondiente encendedor. Hay un pequeño compartimento ubicado bajo cada apoya brazos, ambos lo notan al colocar sus manos sobre una figura que posee en dorado relieve. De manera casi sincronizada ambos lo abren y en su interior encuentran pequeños sobrecitos dorados de forma cuadrada con una gráfica imagen de su contenido.

—¿Hamud?

—Sí señorita Anna.

—¿El vehículo dispone de más privacidad?

—Por supuesto señorita Anna. Frente a usted hay un pequeño botón verde que permite subir un cristal separador. ¿Desea que le active o prefiere ser usted quien lo haga?

—Le daremos ese honor a Albert. Debemos afinar algunos detalles y aprovecharemos este tiempo, muchas gracias Hamud.

—Gracias a usted señorita Anna, estoy para servirle –dice un atento Hamud mientras ve como la ventanilla divisoria le aísla de sus pasajeros.

—¿Te has vuelto loca Anna?

—Para nada querido Albert, pero no esperarás que desperdicie esta oportunidad. Hacerlo en un auto de lujo con chofer, bebida y comida de primer nivel. ¡Sí! Obviamente no probaré lo de aquella cajita metálica, pero, si tú deseas hacerlo yo no me opongo a ello.

—Sabes muy bien que no consumo ese tipo de sustancias. Y con respecto a lo otro ciertamente no creo que sea una buena idea. Podemos estar aislados por ese grueso vidrio pero… ¿Has pensado cómo vas a hacerlo para justificar el bamboleo del vehículo? Por si no lo has notado en este país no hay baches ni nada que justifique eso… ¿O me vas a decir que sabes exactamente cuándo ocurrirá un movimiento telúrico que nos sirva de pantalla para cubrir nuestro lujurioso actuar?

—Esta vez estás en lo cierto. Bueno, al menos podremos hablar con total privacidad.

Mientras Anna dice eso e inicia una aburrida conversación técnica, Hamud desconecta el intercomunicador y continúa manejando rumbo a su destino. Lo hace con una sonrisa pues al menos estas dos personas no han sucumbido a la tentación lo que demuestra su capacidad analítica y la fortaleza necesaria para sobreponerse a las tentaciones y concentrarse en el trabajo, habilidades que son muy apreciadas por su jefe Farid. Hamud acompaña a sus pasajeros hasta la habitación que ya ha sido dispuesta para ellos y menciona que pasará por ellos dentro de una hora y media para llevarles a la reunión agendada para el día de hoy.

—Muchas gracias Hamud, te esperaremos en el lobby del hotel dentro de una hora y media.

—Eso no será necesario señorita Anna, esperen en la habitación, pasaré por ustedes dentro de una hora y media. Pueden solicitar lo que deseen durante su estadía en el hotel —diciendo esto se retira mientras Anna observa la parte baja de su espalda.

—Bueno, bueno… ¿Qué pediremos Anna?

—Yo no pediré nada, voy directo a darme un burbujeante baño y luego comeré alguna de esas frutas y beberé agua embotellada, de preferencia agua que no haya probado antes… ¿Sabes de aguas Albert? –Dice Anna en tono burlesco.

No tengo la menor idea, para mí el agua es agua, no veo qué gran diferencia puede haber entre una y otra… Ve a bañarte que yo me dedicaré a ver qué exquisiteces pueden subir a la habitación.

—Sea lo que sea lo que pidas, por favor que no sea una mujer… ¡Por favor!

Mientras Anna desaparece en busca de su deseado baño de burbujas, el rostro de Albert se ilumina y comienza a buscar dentro de la tableta que tiene ya en sus manos el menú o el buscador para ver si también tienen ese servicio a la habitación. Para su sorpresa lo tienen y la gama es amplia en todo sentido.

—¡Esto es el paraíso!... ¡Esto es el paraíso!

—Ya te oí Albert… ¡Ya te oí!... Por lo visto ya has descubierto a las acompañantes… ¡Qué no se te ocurra usar ese servicio! ¡Es que acaso no puedes pensar en otra cosa!... ¡Usa tu cabeza!... ¡La otra cabeza!

Con desgano Albert deja la tableta sobre la mesa mientras da una buena mirada al lugar. Más rato tomará una ducha, por el momento lo de las aguas le causa mucha curiosidad. Descubre una cantidad importante de botellas… Toma las que le parecen más vistosas… Son cuatro, dos en cada mano, eso es lo máximo que puede llevar…

—Iniciaré con ustedes cuatro.

Una a una las va abriendo y sorbo a sorbo va notando las diferencias, es un mundo que se abre frente a él.

—Quien diría que los sabores serían realmente tan diferentes del líquido que por años he estado acostumbrado a beber. No beberé mucho pues no deseo pasar mucho tiempo en el baño, pero, al menos probaré algunas más.

Con agilidad se levanta y va por cuatro botellas más, esta vez elige aquellas cuya forma le llama más la atención. Una de elefante, otra con forma de camello, una en forma de miembro y otra con forma de la versión femenina de la botella anteriormente escogida. El contenido de cada una de ellas es definitivamente completamente diferente. Todas son excelentes. Quien diría que existen personas que son sumiller de agua… Bueno quizás a esto se refiere Anna cuando me dice que me falta mundo… Con la mirada busca un vaso, definitivamente no beberá agua de la botella con forma fálica a menos que sea en un vaso, con la otra no tiene ningún reparo, es más, toma algunas de ambas y las coloca con cuidado dentro de su mochila, espacio tiene pues viaja ligero y las botellas no son de gran tamaño, el formato es individual. Mientras saborea un nuevo sabor de agua enciende la televisión e intenta poner algún canal de noticias, tarda varios minutos en encontrar uno, los anteriores han sido de deportes o pornográficos, para sus adentros piensa que afortunadamente ha traído algunos pendrives de gran capacidad. Será divertido ver películas de ese nivel de calidad argumentativa. Mientras lo piensa comienza a sonreír. Justo en esos momentos hace ingreso Anna, que vestida en una bata de color carmesí avanza directo a la frutera.

—Veo que te diviertes Albert. Es demasiado obvio que ya has encontrado los canales para adultos.

—Para qué te voy a mentir. Estoy pensando en copiar varias de esas películas, nunca se sabe lo que se pueda aprender de ellas.

—Que no se te suba a la cabeza, pero, es justo decir que no necesitas nada de eso para complacer a una mujer. Al menos a mí logras llevarme a lo más alto del placer que hasta la fecha he podido sentir. ¿Qué más has descubierto?

Cual niño con juguete nuevo Albert corre directo hacia las botellas fálicas y tomando una de ellas la oculta tras su espalda mientras avanza en dirección a Anna. Ella le observa intrigada hasta que finalmente tiene frente a ella la figura que contiene el refrescante líquido que tanto desea en estos momentos.

—¿No vas a decir nada?

—¿Lo dices por la forma fálica de la botella Albert? Ciertamente no tengo nada que aportar, es obvio lo que es. Lo que me interesa es su líquido contenido. Es necesario hidratarse, tú deberías hacer lo mismo.

—¿No te ha impresionado la forma?

—Para nada. Para nada. Lo que sí me ha impresionado y creo que tú deberías ver es lo que hay en el cajón del velador de la habitación que ya he escogido como mía. Obviamente es la que tiene mis maletas. Ambas habitaciones son prácticamente iguales.

—¿Y qué hay en el cajón?

—Debes averiguarlo por ti mismo. Te permito que entres a

mi habitación para que salgas de la duda.

A la carrera Albert se dirige a satisfacer su, cada vez más creciente, curiosidad. Una tremenda carcajada se escucha por toda la habitación. Luego desde la habitación grita.

—¡Anna!… ¡Crees que algo de este tamaño es algo que desearías que te conociera en profundidad!…

—Estoy segura que sí querido Albert. Antes de darme mi baño de burbujas le he tomado la medida y te puedo asegurar que su extensión y vibración son muy satisfactorias, aunque solamente lo utilicé por unos segundos, pero, en estos momentos estoy pensando que sería una buena idea darle un uso de mayor exigencia… ¿Te animas?

—A usarlo en ti por supuesto… pero a usarlo en mí… definitivamente por ningún motivo querida Anna… Por ningún motivo.

—Deberías arriesgarte alguna vez y experimentar cosas nuevas, tal vez te sorprendas de ti mismo y de lo que hasta ahora te has negado a experimentar. Me ofrezco de voluntaria para acompañarte en ese placentero recorrido, es más insisto querido… ¡Insisto!

—Ni de broma Anna… ¡Ni de broma!

—¿Sabes cuánto rato nos queda antes de que ese guapo chofer venga por nosotros? Aunque no me molestaría para nada que viniera solamente por mí. De seguro lograría convencerle que experimentara con alguien como yo… ¿No lo crees así Albert?

—No sé Anna. No sé… Pero lo que sí sé es que nos quedan como quince minutos para que tu Adonis venga por nosotros… Por nosotros en el bien entendido significado de lo que aquellos significa Anna… Y por favor borra esa sonrisa de tu bello rostro.

Tanto Anna como Albert terminan de hacer lo necesario para estar listos antes de que toquen a la puerta… A la hora señalada el sonido de un adorable timbre les indica que la hora ha llegado. Ambos tienen curiosidad, pues desconocen el lugar al que su chofer particular les llevará.

—Es bueno ver que ambos están listos. La puntualidad es algo que se valora mucho en estas tierras. Por favor síganme.

Con un gesto muy elegante, Hamud les invita a seguirle sin

dar mayores explicaciones.

Tanto Anna como Albert le siguen. Albert está algo inquieto pensando que si van a utilizar el mismo vehículo en el cual han llegado desde el aeropuerto no cree posible escapar de las garras de Anna que con el juguete vibrador que ha descubierto en su habitación de seguro anda con ganas de dar rienda suelta a sus ya habituales deseos. Por su parte Anna piensa algo parecido y lo único que desea es que el viaje en el vehículo dure por lo menos unos treinta minutos o más.

Hamud ha pasado de largo las puertas del elevador que a su llegada les ha dejado frente a su habitación, a paso firme les guía hasta el final del pasillo. Anna y Albert se miran sin comprender qué está ocurriendo. Por las mentes de ambos pasa la idea que quizás la reunión se efectúe en algún lugar dentro del mismo hotel donde están alojados. Hamud se detiene, frente a él tiene un tremendo ventanal que permite ver una impresionante vista de parte de la ciudad, los imponentes edificios y por supuesto una increíble marina con yates de variados tamaños que flotan sobre las turquesas aguas.

—Por favor, señorita Anna, don Albert, tengan la amabilidad de subir.

Acto seguido las puertas de un elevador panorámico se abren frente a sus ojos y en él ascenderán hasta la parte más alta del edificio según las propias palabras de Hamud. El elevador que tienen frente a ellos es completamente de vidrio y la sensación de flotar en el aire es bastante evidente así como lo aterrador de la experiencia. Hamud avanza y, caminando delante de ellos, les da a entender que el sistema es muy seguro y les invita a imitar su acción y subir.

Ambos se miran y con evidente temor Albert dice…

—Por supuesto Hamud, las damas primero… ¿Anna?

Anna se arma de valor y pone lentamente un pie y luego el otro y se concentra en mirar los ojos de Hamud para no asustarse más de lo que ya está. Acto seguido Albert hace ingreso al elevador de un pequeño brinco, cosa que hace palidecer a Anna mientras Hamud sonríe maliciosamente…

—Este ascensor soporta mucha más carga de la que se

imaginan. Es algo definitivamente muy seguro. Espero que no le teman a las alturas… ¿O sí?

—Para nada dicen ambos con la voz bastante temblorosa.

Casi sin darse cuenta el elevador se desplaza a gran velocidad pero aquello no es notado por los ocupantes. Mientras avanzan rumbo a la cima Hamud les mira de reojo y piensa que al menos estos viajeros se están comportando de manera mucho más decorosa que otros… Le alegra saber que no deberá limpiar su expresivo temor desparramado por piso y paredes.

—Hemos llegado, acompáñenme por favor.

Anna y Albert caminan nuevamente siguiendo los pasos de Hamud hasta que le escuchan decir.

—Por favor, les invito a subir.

—¿Subir?, dicen ambos al unísono…

—Perdón… disculpen ustedes mi falta de delicadeza. Acérquense por favor.

Tan pronto Anna y Albert se colocan uno a cada lado de Hamud pueden ver que al final de pasillo que acaban de recorrer aparece frente a ellos un teleférico de grandes dimensiones que parece flotar en el aire. Al forzar sus ojos para que se adapten a la claridad del lugar logran ver el cable que soporta tan bella forma de transporte. En ese momento interviene Hamud.

—El teleférico es de uso exclusivo de Malek as Barhuani, el multimillonario, y su familia y obviamente las personas que él y su familia autoricen. En este caso ustedes. De esta forma llegaremos directamente hasta el embarcadero donde Farid posee un yate, lugar donde tendrán la reunión agendada. El viaje dura aproximadamente unos veinte minutos, espero que disfruten la maravillosa vista. Son pocas las personas que han hecho este espectacular recorrido. No duden en hacer las preguntas que deseen y espero que mis respuestas sean de su total agrado. Si es necesario contactaré a la persona adecuada para ahondar en más detalles si así ustedes lo solicitan. ¿Nos vamos?

—Por supuesto, por supuesto –dice Anna muy entusiasmada. ¿Es posible hacer un recorrido en tan magnifico medio a solas con mi asociado?

Albert la mira de reojo y hace como si no hubiera escuchado

esa pregunta, fingiendo ver el horizonte se distancia de lo que acaba de preguntar la insaciable Anna.

—Me temo que no es posible señorita Anna. Siempre debe ir en la cabina alguien con la preparación adecuada en caso de que surja algún pequeño contratiempo.

—En esos momentos Albert retoma la atención, que ciertamente nunca ha perdido.

—¿Pequeño contratiempo?... ¿Podrías ser más específico Hamud?

—Por supuesto don Albert. Por contratiempo me refiero, por ejemplo, a fuertes vientos, aunque siempre estamos en línea con la agencia meteorológica, gracias a ella podemos anticiparnos a vientos y tormentas de arena. Otra cosa suelen ser las descompensaciones por la altura, mareos, cosas así. Lo que debe quedarles claro es que este habitáculo es muy seguro y resistente. ¿Han notado la altura a la que estamos? Pues déjenme comentarles que este bebé posee paracaídas que permitirían que una caída fuera como si una liviana hoja se precipitara a tierra. En su base posee mini cohetes que ayudan a frenar y el habitáculo es prácticamente indeformable. De hecho yo fui uno de los sujetos de prueba para hacer los ajustes correspondientes a los planos de diseño. Y si me permiten decirlo, la experiencia fue realmente increíble, una vez salí con un hombro lastimado y la implementación de esos mini cohetes fue lo que resolvió el problema. Obviamente para comprobar su efectividad debí volver a precipitarme… Es algo que haría todos los días, la sensación es increíble. Es una pena que no puedan disfrutarla aunque uno nunca sabe… Quizás hoy sean afortunados y se precipite al vacío para que puedan sentir esa agradable sensación.

Las palabras de Hamud inquietan a ambos pasajeros que le miran con cara de pocos amigos. Hamud mantiene la tención unos momentos y finalmente dice.

—Es broma amigos, es broma. Las pruebas se hicieron con muñecos de prueba, similares a los que se emplean para ver el comportamiento de los cuerpos al chocar los vehículos. Créanme este bebe es realmente lo más seguro del mundo. Está sobre dimensionado y tenemos permanentemente un helicóptero preparado para volar en nuestra ayuda con personal especializado así como una lancha y buzos tácticos. No se ha escatimado en gastos. Deben saber que el dinero para mis jefes definitivamente no es un problema. Por favor disfruten la vista y disculpen si les he incomodado con mis comentarios, ha sido solamente para, como ustedes dicen, romper el hielo.

—¿Romper el hielo? Te rompería la cara Hamud —dice Anna con cara de enojo.

—Espero no le comente mi falta de criterio a mis jefes.

—¡Por supuesto que lo haremos! – dice esta vez Albert.

El rostro de Hamud palidece. Es el mejor trabajo que ha tenido en la vida y no puede darse el lujo de perderlo por los infantiles comentarios hechos a los invitados.

—¡Vamos Anna! —Expresa Albert.

—¡Vamos Albert! —Expresa Anna.

Tanto Anna como Albert dicen…

—¡Es broma Hamud, es broma!... ¡Lo hemos dicho para romper el hielo!

—Me deben una, me deben una —dice Hamud sonriendo relajadamente. De todos los visitantes que ha recibido estos dos son definitivamente los que más le agradan a la fecha.

—¿Alguna indicación para caerle en gracia a nuestro anfitrión?

—A mi modo de ver señorita Anna sean ustedes, tal cual lo han sido conmigo y si lo que han hecho hasta ahora es una actuación pues les felicito, son unos excelentes actores. Sea como sea, desenvuélvanse como hasta ahora lo han hecho y de seguro todo irá bien.

—Muchas gracias Hamud –dice cálidamente Albert.

—Señorita Anna, don Albert, estamos por llegar. Mírenlo siempre a los ojos.

Tan pronto Hamud termina de decir estas palabras, el funicular se detiene suavemente y abre sus puertas. Frente a ellos la figura de Farid les observa. Hamud desciende y con una reverencia se sitúa a un costado para permitir que Anna y Albert desciendan y así poder hacer las presentaciones correspondientes. Nada de eso ocurre pues adelantándose a eso es Farid quien da inicio a la presentación.

—Anna y Albert, ¡qué gusto verles en persona!, eso de las video conferencias es bastante útil pero nada se compara con el contacto directo. ¡Venga un abrazo!

Anna acepta con calidez el abrazo que le están brindando y a su manera disfruta el calor de aquel sujeto bien parecido y que derrocha simpatía. Por su parte Albert es algo más conservador, y hubiera preferido un buen apretón de manos, siente que el abrazo es demasiado cálido para su gusto, pero es el anfitrión y no puede darse el lujo de apartarle, eso sería descortés de su parte. El abrazo se extiende más del tiempo necesario pero nadie interviene. Finalmente Farid les invita avanzar mientras comienza a relatar las bondades de uno de sus juguetes preferidos, su yate. Hamud camina varios pasos detrás de ellos y tan pronto todos han abordado se dirige hacia el lugar donde el personal del yate aguarda instrucciones, su deber es poner en marcha lo previamente organizado, esto incluye la alimentación y por supuesto un pequeño recorrido por el yate y el posterior zarpe. Las órdenes dadas por Farid son específicas y debe cumplirlas tal cual se le han indicado.

La conversación inicia con cosas triviales, el viaje, la estadía en el hotel, el agradable paseo en el teleférico único en su clase. La mesa de centro que frente a ellos tienen dispone de una amplia variedad de bocadillos bellamente decorados que invitan a probarlos por su figura y color. Uno a uno Farid los va detallando para que sepan de antemano el contenido de cada uno de ellos y así evitar a sus invitados algún incómodo momento.

—Le agradezco las indicaciones con respecto a los bocadillos –dice Anna coquetamente.

—Nada de le agradezco… Te agradezco y Farid… por favor Anna… En cuanto a usted Albert… Usted puede llamarme su alteza.

Anna sonríe al ver la cara desencajada de Albert, mientras en una esquina de la habitación y a prudente distancia Hamud observa y sonríe.

—Es broma hombre, es broma… —dice entre carcajadas Farid —. Hubieras visto tu cara Albert. Qué pena no haber sacado una fotografía de ese momento… Bueno no siempre se puede tener todo en la vida… ¿cierto?

—Así es Farid, así es —dice Albert, ya mucho más repuesto de la impresión —. Aunque en tu caso eso no es tan cierto, ¿verdad?

—Sí Albert, así es, se podría usar esa expresión que encuentro tan jocosa… ¡El que puede puede! Es bien sabido que el dinero no lo puede comprar todo pero de que ayuda por supuesto que ayuda. Pero bueno, no estamos aquí para hablar de dinero. Estamos aquí para conocernos y para conversar algunas dudas que me han surgido. Espero total honestidad de parte de ustedes.

—¿Qué partes del proyecto son inamovibles?

—¿Albert? —dice con cortesía Anna.

—Bueno Farid, básicamente el área de la construcción. Pero si por ejemplo me mencionaras que desea hacerlo en un área mayor y que eres el propietario del terreno que así lo permita podríamos ampliar el proyecto. Eso sí, una vez que iniciemos la situación sería completamente diferente, aunque, en nuestra empresa el lema es que casi nada es imposible, puede que nos tardemos un tiempo en replantear las cosas pero daremos con la solución si es que eso es posible. ¿Contesta eso tu pregunta?

— Por el momento diría que sí.

—Otro punto es la altura. Pero eso también puede ser modificado previo a iniciar la construcción, aunque también poseemos tecnología que permite hacerlo en una etapa posterior. Se debe recalcular toda la estructura y ver hasta qué punto es físicamente posible hacerlo. Todo cumpliendo con los elevados estándares de seguridad. Todo lo anterior también aplica para el gran espejo de agua, es decir, dimensiones, profundidad y en ese caso en particular las especies que quieras incluir adicionales a las ya estudiadas. Debo decir que esa parte del proyecto fue bastante demandante. La interacción de las especies es algo bastante delicado y si deseas introducir otras pues se debe hacer el estudio correspondiente.

—Bueno, en resumen, todo lo que se desee modificar retrasará la obra y en general, los cambios, salvo que sean demasiado radicales sí podrían realizarse.

—Bueno, es mucho más complejo que eso, pero, en términos generales lo que has mencionado es correcto.

—Gracias Albert —dice Farid, mientras se levanta y les invita a cambiarse a la mesa de mayor dimensión que está a siete pasos de ellos.

Anna y Albert le siguen sin saber de qué se trata. Por la mente de Anna pasa la idea de que les servirán más comida, cosa que no le parece adecuada, debe mantener su figura pero por otro lado siente que sería mal visto si rechazara lo que le ofrecen. Albert, mucho más práctico piensa que usará la mesa para desplegar los planos de la construcción para continuar con la ronda de preguntas. No le teme a ninguna, está preparado para lo que venga, se siente confiado.

—Por favor tomen asiento.

A un movimiento de Farid frente a ellos, sobre la mesa aparece un plano tridimensional, una especie de holograma de muy alta resolución que permite ver cada una de las partes del proyecto.

—Me encantaría tener uno de estos en la oficina, es una verdadera maravilla… ¿Puedo?

—Por supuesto Albert, por supuesto. El sistema es bastante intuitivo, adelante.

Como un niño que tiene frente a él el juguete de sus sueños, Albert comienza a manipular las imágenes, ampliando cada una de ellas para sumergirse en un mundo de detalles. Observa rápidamente desde los cimientos hasta el final de la construcción. Pasa por el enorme espejo de agua y se queda fascinado con las imágenes. Por su parte, Anna se siente como si estuviera viendo una película, sin siquiera darse cuenta se ha levantado y ha ido a la mesita por un par de bocadillos. Farid le observa y se regocija de aquello. Siempre es grato que las personas con las cuales interactúa se sientan libres y sin que su persona les amedrente de manera alguna. Siempre se ha esforzado por que eso ocurra más no siempre las personas lo logran con la facilidad que han tenido Anna y Albert.

—Si no es incómoda la pregunta… ¿Cuánto cuesta un sistema así Farid?

—Realmente no lo sé. Lo intercambié por una propiedad que

era del interés de un sujeto que se dedica a temas informáticos. Apareció siendo un cliente dispuesto a comprar la propiedad y entre conversación y conversación me comentó a lo que se dedicaba y lo que ganaba con algunos proyectos. La verdad es que en ese tiempo lo único que quería era deshacerme de esa propiedad y pues bien, llegamos a un acuerdo y aquí tienes el resultado de aquella negociación. Sé que para mí no fue favorable desde el punto de vista económico pero mi tranquilidad mental siempre ha estado por sobre mi tranquilidad económica que dicho sea de paso es obvio que tengo. Nací con ella y la he expandido aún más con el paso de los años.

Anna interviene en la conversación y comenta que de ser necesario no hay inconveniente en viajar las veces que se requiera, aunque por efectos prácticos siempre es más rápido el hacer uso de la tecnología de las video llamadas, que aunque no son lo mismo que la interacción presencial definitivamente aceleran los procesos, sobre todo en este proyecto en particular.

—Mientras nuestro buen amigo Albert se entretiene con el juguete nuevo te invito a recorrer parte del yate… ¿Vienes Anna?

Anna accede y se siente muy agradecida por el ofrecimiento, junto a Farid se alejan mientras Albert sin siquiera notar su ausencia continúa navegando por el novedoso juguete tecnológico. El yate lleva ya un buen rato en movimiento, lo que les permite tener diferentes vistas del lugar. Empieza lentamente a virar para retornar al punto de partida lentamente.

—Iremos primero a la cabina de dirección de este moderno navío. Es todo de última tecnología, para tu tranquilidad es prácticamente a prueba de todo. Está compartimentada toda su parte inferior así que prácticamente debería ser partido en forma longitudinal por la mitad para que se hundiera, pero eso sería imposible dado los sensores anti impactos que posee en todo su contorno. Dispone de algo que ningún otro navío tiene… algún día te lo mostraré y le daremos uso a ese pequeño artilugio. Por ahora será un secreto. A propósito de eso… Hamud me ha comentado el particular interés que has demostrado en realizar un viaje a solas con Albert en el teleférico y eso querida Anna ha despertado mi curiosidad al límite…

—¿Deseas que te comente el porqué de mi interés querido Farid?

—Pues ciertamente sí, aunque tengo la casi total certeza que es con fines recreacionales, de aquellos que requieren, por decirlo de alguna manera… cercanía corporal.

—Estas bastante cerca, aunque en esos casos la lejanía corporal es el inicio para finalmente llegar a lo que momentos antes, tan elegantemente has mencionado.

—Si lo desea puedo organizar un paseo en el teleférico, eso sí, y dado que Albert está más interesado en lo tecnológico que estaba pensando en ser yo quien te acompañe en esa travesía… ¿Qué me dices Anna?

—Veo que no te vas por las ramas, pero además veo que en tu dedo llevas un anillo.

—Veo lo mismo en el tuyo querida Anna. ¿Es eso acaso un impedimento para entregarnos a un grato momento de mutuo placer?

—Definitivamente no lo es Farid. ¿Cuándo tienes intención de concretar lo que mencionas?

—Diría que este sería un momento adecuado. Permíteme dar algunas instrucciones a Hamud para que se encargue de nuestro amigo común y partiremos a elevarnos mutuamente por los aires.

Con rapidez Farid se aleja para dar indicaciones a Hamud, pero este, por la forma como corporalmente se mueve da a entender que eso no será posible. Anna, bastante desilusionada aguarda impaciente a Farid para saber qué está ocurriendo.

—Me temo querida Anna que no podremos dar rienda suelta a nuestra mutua atracción. Debo atender un asunto urgente. Debo retirarme. Hamud se encargará de llevarles al hotel. Lamentablemente no puedo permitir que regreses en el funicular sin la compañía de Hamud. Que tengas un buen regreso. Iré a despedirme de Albert. Disfruten su estancia en esta tierra llena de gente linda, sus hermosos parajes y de sus deliciosos sabores.

—Me hubiese encantado disfrutar tu compañía. Espero que eso ocurra pronto, aunque nos vamos dentro de poco. No dudo que un hombre de tus habilidades hará lo que esté a su alcance para que eso ocurra.

—Haré como siempre mi mejor esfuerzo. Espero verles antes de su partida.

—Albert, es una pena que Farid haya tenido que retirarse. Podemos regresar al hotel, ciertamente me encantaría ir de compras. Si quieres puedes acompañarme, ¿Qué me dices? Intenté conseguir el funicular para los dos, pero no fue posible. Bueno siempre tenemos las lujosas camas del hotel para entretenernos en ellas y sin olvidarnos de ese maravilloso juguetito que estaba en el cajoncito del velador, ¿le recuerdas?

—Ciertamente le recuerdo, si de solo pensarlo me vibra la mano… Déjame investigar unos momentos más esta maravilla y le pedimos a Hamud que nos regrese al hotel. Dame unos diez minutos más…

—Con lo que tengo en mente para esta noche espero que me des mucho más que diez minutos querido Albert…

—Deja de pensar en eso mujer… ¿Cómo puede ser posible tanto gozo con el tema?

—Así no más es la cosa. Goza, goza, goza, goza con la…

—Ya déjame ver esto que es algo realmente asombroso… Bueno tú también tienes lo tuyo, pero realmente no es algo que pueda ponerse en el mismo plano de comparación…

—¿Qué quieres decir con eso Albert?

—Nada mujer, nada… Termino y nos vamos para que puedas ir de compras, ya me entretendré en algo durante ese tiempo.

—¿Están ya listos para regresar señorita Anna, don Albert?

—Anna, por favor… Llámame Anna, Hamud.

—Lo mismo digo yo… Llámame Albert, Hamud.

—Muy bien Anna y Albert, ¿listos para regresar?

Anna con entusiasmo comienza a avanzar rumbo al teleférico pero Hamud con el dedo índice de la mano derecha le hace un movimiento negativo…

—¿A qué te refieres con ese dedo diciendo no?

—Me refiero Anna a que ese no es el camino. Esta vez el regreso será diferente, aunque no por ello menos espectacular, por favor síganme.

Mientras caminan a la siga de los pasos de Hamud ven a lo

lejos un sujeto que con una especie de mochila surca el cielo a gran velocidad.

—¿Les ha llamado la atención el hombre volador?

—Ciertamente es algo que jamás había visto en vivo y en directo.

—El sujeto es nada más y nada menos que Farid con uno de sus nuevos juguetes, es un prototipo potenciado, le da además de mucha seguridad con su mini propulsor adicional para emergencias, mayor velocidad que los actualmente existentes en el mercado. Ese tipo de inversiones le encantan. El hombre tiene visión y de paso se divierte a mares.

—Farid es realmente un hombre excepcional –dice Anna con un suspiro.

—Bueno   dice resignado Albert —. No se puede competir contra un hombre volador.

—Ciertamente es algo muy difícil Albert. Es algo realmente muy difícil —complementa Hamud.

—Bueno. El jefe me ha dado expresas instrucciones de realmente dejarles con la boca abierta, así que por favor siéntense en esas cómodas butacas y prepárense para algo realmente espectacular.

Anna y Albert se sientan sin comprender nada. De pronto ven que Hamud toma su celular y hace una llamada.

—Puede dar inicio a la maniobra capitán.

Anna y Albert no comprenden el motivo de esa indicación. Ya han realizado un recorrido en el yate y no entienden cómo pueden devolverse en él a su habitación. De pronto un pequeño bamboleo les hace aferrarse a los apoya brazos de las butacas y comienzan a sentir que la nave comienza a elevarse…

—¡No puede ser posible! ¡Esto no puede ser posible! —dice Albert entrando en una especie de euforia.

¿Está pasando lo que creo que está pasando? —Pregunta incrédula Anna a Hamud.

—Es exactamente eso. Este yate, único en el mundo, puede volar. En el que iremos directamente hasta el yate puerto que el hotel posee en la azotea… ¿Impresionados?

—¿Estás hablando en serio Hamud?... Es increíble…

¡INCREÍBLE! —dicen al unísono Anna y Albert.

Hamud les deja frente al elevador y se despide afectuosamente, mientras les dice. No bajen todavía, desde aquella ventana pueden ver pasar el yate volando y posarse dentro de poco suavemente en el embarcadero. Será un buen video para presumir a sus amistades en su país. Nadie tiene un juguete como este. Ustedes le han caído en gracia a Farid. Muy pocos han hecho este viaje. La mayoría ha regresado en vehículo o en helicóptero, siéntanse muy honrados.

—Es en estos momentos donde desearía tener un tremendo zoom adherido a mi celular, grabemos lo mejor que podamos y luego intercambiamos los archivos, apresúrate Anna, por favor apresúrate…

—Tranquilo hombre si no es para tanto… ¡Es solo un yate volador! —Dice Anna mientras comienza a correr para obtener la mejor ubicación para grabar.

En el ascensor Anna no puede más y comienza a moverse inquieta.

—¿No me digas que aún te asusta el ascensor?

—No Albert, no es eso…

—¿Entonces? Deja de moverte como león enjaulado y dime qué te pasa… Vamos mujer, echa fuera, echa fuera.

—Es que de solo pensar que estuve a punto de intimar con Farid y además en el teleférico pues bueno… Se me hace agua la boca de solo pensarlo.

—De seguro no es solo la boca la que se te hace agua querida y dime… ¿Cómo ha sido eso de que estuviste a punto…?

—Mientras estabas entretenido con el plano tridimensional ni cuenta te diste que Farid me llevó a recorrer parte del yate y entre conversa y conversa nos dimos cuenta que teníamos intereses afines, si sabes a que me refiero, bueno la cosa es que estaba todo dispuesto y algo ocurrió, pues tan pronto terminó de conversar con Hamud se excusó y salió raudo como una saeta… Luego supe que eso era algo literal, de hecho, ambos lo vimos surcar los aires a gran velocidad. Espero poder tener la oportunidad de volver a verle y que se den las condiciones para concretar ese ofrecimiento.

—Me has impresionado Anna, realmente me has

impresionado. Ella… Ella… La que me dejó muy en claro que era un viaje solamente de negocios…. ¿Quién lo hubiese pensado de ti? La mismísima Anna corriendo a los brazos de un multimillonario. —Dice Albert para posteriormente dejar escapar una tremenda carcajada.

—Hay, Albert, no es para tanto… ¿A ver? ¿Dime tú?… ¿Qué tan seguido tiene una chica como yo la posibilidad de hacer algo como lo que te he comentado estuve a punto de hacer?... ¿A ver?... ¡Contéstame pues Albert!... Si Farid hubiese sido mujer y te pusiera frente a ti la misma oferta que he visto yo pasar frente a mis ojos ¿Qué hubieras hecho? Y no me vengas con mentiras, ambos sabemos que nos gusta a mares ese tipo de actividades… Casi se diría que es nuestro motor, lo que nos impulsa día a día a seguir avanzando y buscando cada vez más niveles superiores… ¿O no?

—Hubiese tomado la oferta… Es obvio. Eso no es algo que se de todos los días… No encuentras algo así a la vuelta de la esquina. Espero no sentirme como platillo de consuelo esta noche.

—Sabes que no será así y que mientras más ganas tiene uno más sabe cómo hacer que el otro esté al mismo nivel… ¿A quién engañamos?...

—Al menos no nos engañamos entre nosotros. Eso ya lo hemos acordado. ¿A qué hora piensas regresar?

—No es algo que pueda contestar, de seguro no será muy temprano, aquí hay muchas cosas que ver...

—Dirás muchas cosa que comprar…

—Ver, comprar, comprar, ver… ¿Cuál es la diferencia Albert?

—Tienes razón al fin y al cabo solo es dinero… Tu dinero.

Al estar ya en la habitación Anna se da un buen baño y con rapidez sale de la habitación tarareando una canción. Por su parte Albert se dispone a pedir algo a la habitación y ver algo de televisión. Se decide por una tabla surtida de carnes exóticas y vegetales surtidos. Elige al azar uno de los tantos vinos sugeridos para maridar y para postre pide simplemente frutas surtidas de la estación. Mientras espera que su pedido llegue se entretiene haciendo zapping a los canales para adultos que ya ha descubierto.

Mientras lo hace nota en uno de ellos un símbolo que le es conocido, trata de hacer memoria pero no logra encontrar nada en su cerebro que logre asociarlo, pese a eso ese mismo símbolo se repite varias veces en las diversas películas que hasta ahora ha recorrido sin detenerse en ninguna de ellas en particular… Es, a su modo de ver, más de lo mismo. El melodioso sonido del timbre de la habitación le indica que ha llegado el momento de comer. Se levanta y espera pacientemente que la jovencita que ha traído el carrito con lo pedido lo sitúe cerca de la mesa, al tiempo que le pregunta en el mismo idioma materno de Albert.

—¿Algo más que desee don Albert?

Las ganas de ser explícito con respecto a lo que desea ronda en la mente de Albert más no lo expresa verbalmente. La joven le mira directo a los labios y lentamente sube la mirada hasta encontrarse con sus ojos. Con voz bastante más sensual que la primera vez le vuelve a hacer la misma pregunta… ¿Algo más que desee don Albert?

Albert la mira y siente que le están poniendo prácticamente la comida en la boca. Va a dar inicio a uno de sus usuales comentarios cuando recuerda donde ha visto el símbolo que momentos antes le ha llamado la atención. Con rapidez agradece a la joven por su pronto servicio y acompañándola hasta la puerta la cierra rápidamente para correr hasta su habitación. Busca en su billetera algo con cierto grado de desesperación, finalmente lo encuentra, mira con cierto grado de incredulidad y finalmente exclama.

—¡Pero quién lo diría! ¡Pero quién lo diría!

Albert se tiende en la cama y busca información en la red, nada aparece, insiste unos momentos más realizando otro tipo de búsqueda, finalmente se da por vencido y decide llamar al número que figura anotado en la tarjeta. Una cálida voz le atiende en el idioma local, ante eso Albert intenta hablar en su idioma natal y de inmediato la voz que le ha atendido le responde en el mismo idioma.

—¿En qué le podemos atender caballero?

—¡Eh! Me podría describir el tipo de atención que disponen en el lugar.

Con lujo de detalles y sin ningún pudor la joven le comienza a enumerar las diferentes alternativas del establecimiento. Los ojos de Albert cada vez se abren más y más al oír la impresionante cantidad de variantes que tienen. En un momento, la femenina y sensual voz detiene su hablar y pregunta…

—¿Busca usted algo en particular? Creo que sería más breve si me indica en el tipo de servicio que está usted interesado.

—Realmente nada en particular. ¿Me podría indicar la dirección?

—Por supuesto caballero. Si lo desea agendamos una hora y envío un vehículo para que pase por usted. Solamente debe decirme a qué hora desea que le recoja.

—Bueno, me interesaría pero no sé a qué distancia estamos. ¿Puede darme la dirección?

—Se la estoy enviando a su móvil. Si desea agendar podemos hacer todo lo que le he mencionado de manera automática por medio del celular. Basta que usted me indique si desea agendar y el resto corre por nuestra cuenta. Si al llegar nada de lo que pongamos a su disposición le interesa le devolveremos a… —la voz guarda silencio por unos segundos para finalmente continuar —, le devolveremos a su hotel sin cobrarle absolutamente nada. Si decide quedarse y disfrutar del servicio dentro de la cuenta le incluiremos el costo del transporte… ¿Le parece?

—Suena muy interesante señorita… ¿Del orden de cuánto dinero estamos hablando?

La voz le da una breve descripción de algunos paquetes tipo y los valores van obviamente en aumento según las preferencias del cliente…

—Me interesa algo que esté en el rango del servicio tres y cuatro que usted me ha mencionado… ¿Aceptan pago con tarjeta?

—Por supuesto caballero… ¿Le agendo una visita?

—Sí, por favor. Para dentro de una hora.

—Muy bien caballero. En una hora exacta el móvil estará esperándole a la salida de su hotel. Le reconocerá por el logo característico de nuestro establecimiento. Muchas gracias por su preferencia, estoy segura que disfrutará mucho su estadía con nosotros.

Mirando el techo de la habitación Albert dice en voz alta…

—Siempre termino en lo mismo, siempre termino en lo mismo.

Albert se dispone a descansar unos momentos, beber algo de té y disfrutar alguna fruta de las que están en la frutera de la sala, luego de eso estará atento para bajar y estar unos minutos antes frente a la puerta del hotel. Espera que la atención sea de primer nivel, aunque por lo que ha probado en el avión es casi seguro que así será… El precio es bastante elevado pero bueno… Son gustos que hasta la fecha es capaz de darse. Mientras piensa eso viene a su mente Anna. La imagina dando vueltas y vueltas por las diferentes tiendas tratando de decidir qué comprar. Es una mujer de dinero pero los artículos son de alta gama, en fin, en una de esas se acuerda de él y le compra algún obsequio. Sin darse cuenta ya va siendo la hora de bajar. Se asegura de llevar su billetera y la tarjeta. En el celular tiene el código que le permitirá acceder al transporte y le facilitará el ingreso al establecimiento. Cuando esté en su interior, y luego de observar al personal, decidirá si se queda o no. El sujeto del taxi es un conocedor del tema, le va explicando las bondades del servicio de acompañantes y sin decir nombres menciona que ha transportado a varios famosos al lugar.

—En este lugar aceptan dos tipos de personas… De altos ingresos… O…

Aunque usted no lo crea tienen un sistema de investigación previa muy eficiente, no sé realmente cómo funciona pero si no califica para sus estándares simplemente no le dejan ingresar. Sin el ánimo de ser entrometido… ¿Usted es de los clientes de altos ingresos? ¿…O…?

—Por lo que estoy entendiendo creo calificar para el « O »… Sea lo que sea lo que ese « O » significa. ¿A qué viene la pregunta? Sin el ánimo de ser entrometido.

—Le seré completamente sincero. Por los clientes de altos ingresos me llevo una jugosa comisión. En cambio por los « O », a ver, cómo se lo explico… Por los « O » no recibo comisión. Pero no se preocupe usted caballero, la atención de mi parte es exactamente la misma para ambos tipos de clientes. No hacemos ninguna distinción en cuanto a la atención.

—No se preocupe amigo, en todo caso es una lástima para usted que yo sea del tipo « O ». ¿Y específicamente que significa la O?

—Significa que ustedes son invitados de los O, es decir de los Owners, los dueños… los propietarios del negocio.

—¿Es decir que la tarjeta que he recibido me la ha entregado un Owner?

—Yo estaría casi completamente convencido que así ha sido caballero. De seguro vio algo especial en usted para que se haya hecho acreedor de una tarjeta de invitación. Estamos por llegar caballero, disfrute su estadía. Si alguna vez nos volvemos a encontrar por favor cuénteme cómo es ahí adentro, mire que he escuchado muchos comentarios y la verdad es que es muy difícil creer que tanto lujo, belleza y acción sean posibles.

—En estos momentos y sin saber de qué está usted hablando solamente deseo entrar para ver qué hay en su interior. Gracias por traerme.

—Disfrute su estadía.

El vehículo ya está detenido en la entrada de un amplio edificio de unos diez pisos. No es muy alto, pero su diseño es muy elegante sin ser ostentoso. Tan pronto se acerca a la puerta el portero le recibe con un cordial saludo.

—Don Albert, es un agrado poder recibirle, por favor adelante. Disfrute su estadía.

—Muchas gracias…

La puerta de acceso se abre al mismo tiempo que el portero acciona un pequeño control remoto. Frente a los ojos de Albert un lujoso vestíbulo le da de inmediato a entender que el lujo será lo que prime en el lugar. El dorado de las paredes es definitivamente producto de láminas de oro. La imponente escalera definitivamente es mármol. Las fuentes de agua de colores, el aroma agradable y para nada invasivo que ingresa a través de sus fosas nasales hace que su cerebro busque y busque información para determinar el contenido de ese agradable aroma… Mientras avanza sin saber en qué dirección ir, una agraciada jovencita se acerca con un pequeño brazalete que con gentileza coloca en su muñeca izquierda y, antes de ajustarlo le mira para con esa mirada captar si le ha quedado cómodamente ajustado. La cara de Albert le da a entender que así es.

—Por favor Albert, tenga la amabilidad de seguirme. El brazalete es para su seguridad, nos indicará su ubicación dentro de nuestras instalaciones además de sus signos vitales. Si por algún motivo, dada la actividad que esté realizando, se registran valores más allá de los esperados, le asistirá a la brevedad un equipo altamente entrenado para este tipo de situaciones. En su caso usted es una persona saludable y por lo mismo no esperamos de su parte ningún código de salvamento que activar. Sus datos personales así como su tarjeta de pago han sido correctamente ingresados y aceptados. Puede usted recorrer el lugar a su discreción y hacer contacto con la o las personas que así desee. El personal está para brindarle una experiencia que jamás olvidará. Cuando haya realizado su elección simplemente debe acercar su brazalete al brazalete de la o las personas escogidas y a disfrutar. Algo importante, el tiempo máximo de estadía para usted es de veinticuatro horas. Pese a eso, no se precipite, observe atentamente al personal antes de hacer su elección… Tómese su tiempo… Y, para el caso de las actividades con quien o quienes usted elija el tiempo es de una hora. Dicho tiempo inicia cuando, junto con la o las personas elegidas estén ya en la habitación. Si desea extender su estadía solamente debe mencionarlo y el personal que con usted esté sabrá exactamente qué hacer. Con su permiso Albert.

Con algo de inseguridad, Albert inicia su recorrido. Lleva avanzados cuatro pasos cuando esa inseguridad se ha desvanecido por completo. Mujeres de diferentes etnias se acercan, y junto con rodearle y acariciarle, comienzan una a una a susurrarle al oído sus diversas habilidades. Albert se deja querer y escucha atentamente cada una de las propuestas, acto seguido menciona que debe meditarlo unos momentos. Todas sin expresar incomodidad se retiran contoneándose y se dirigen a conversar con otro de los clientes que acaba de ingresar.

Tan pronto Albert se encuentra a solas un grupo de hombres de diferentes etnias y edades vestidos con ropas bastante ajustadas hacen lo mismo que momentos antes han realizado las señoritas.

Albert, bastante incomodo intenta alejarse, pero luego de pensarlo unos segundos pide algo de espacio y que comenten sus habilidades de a uno, en voz alta y sin acercarse mucho. Siente curiosidad por conocer técnicas nuevas que puede aprender en este lugar. Tan pronto se ha formado una idea de lo que esos hombres ofrecen se aleja de ellos con algo de prisa dirigiéndose a un cómodo asiento y se dedica a observar a los clientes que ya han comenzado a llenar, por decirlo de alguna manera, el lugar. El espacio es bastante amplio y la distancia y privacidad es más que satisfactoria. Nota que en las diferentes mesitas hay un surtido de bocadillos, comienza a mirarlos con detenimiento intentando descifrar el sabor de cada uno de ellos, está en eso cuando un sujeto bastante pasado de peso se le acerca y entabla una conversación.

—Te recomiendo los que tienen menos colores, aunque se vean menos apetitosos que los coloridos al menos puedes sentir con mayor claridad el sabor de los ingredientes, si hay muchos ingredientes se dificulta el saber su contenido. ¿Estabas pensando de qué estaban hechos, cierto?

—Has acertado amigo, has acertado. Y por lo que veo has probado bastantes bocadillos. ¿Eres cliente habitual?

—No solo soy cliente habitual, soy el proveedor de estos bocadillos. En particular preferiría entregar solamente los que son menos coloridos. Pero… Ya sabes cómo va el dicho… El cliente siempre tiene la razón. A mayor color…

—¿Mayor valor…?

—Así es amigo mío, así es. Son todos elaborados con productos de primera calidad y ciento por ciento frescos. De vez en cuando me doy una vuelta por este establecimiento para formarme una idea de primera mano de lo que los clientes prefieren y así hacer sugerencias. Y por supuesto disfrutar de las bellezas del lugar… ¿comprendes?...

Los encargados del lugar insisten en tener el surtido completo, realmente no me quejo pues eso significa más ingresos para mí aunque muchas veces esas delicadas piezas terminen en la basura. Llevo ya varios meses haciendo el estudio y les propondré retirar esos productos para así donarlos a algún lugar que les haga honor al fin para el cual fueron creados.

—Se ve que aprecias lo que haces… ¿Y dime?... ¿Qué tal las instalaciones y el personal?

—He utilizado los servicios y te puedo asegurar que son lo mejor de lo mejor, no escatiman en gastos, aunque, por los precios que cobran es obvio que así debe ser. Saben muy bien la forma de llevar este tipo de negocios. Por mi trabajo recorro muchos países y te puedo decir que este lugar es, hasta la fecha, el mejor que he visto. ¿Sabes guardar un secreto?

—Por supuesto que sí.

—Pues yo también, así que no te contaré nada.

—Pero vamos hombre, no puedes ser así… Ya has picado mi curiosidad… Vamos, vamos, echa fuera lo que tienes guardado.

—Es un chiste amigo, es un chiste de viajero… ¿En serio quieres que lo eche fuera…?

—Pues obvio que sí amigo.

Con un movimiento de caderas el sujeto comienza a bajarse la cremallera para luego hacer el ademán de introducir su mano por el espacio que ha abierto hace unos momentos, todo esto frente a la desagradable mirada de Albert.

—Tranquilo amigo, tranquilo… Es solamente otra broma de viajero… Ven, te contaré… Mientras lo hago te sugiero pruebes ese delicado bocadillo color marfil… Molusco fresco de Chile, Concholepas concholepas… un verdadero manjar.

—¡Ve a asearte las manos! —Dice algo alterado Albert.

El sujeto saca de su bolsillo una toallita húmeda y frente a sus ojos se asea prolijamente dos veces para luego desechar en un papelero ambas toallitas húmedas.

—Bueno, bueno, no te dejaré con la curiosidad. Aunque no es algo para sentirse orgulloso, tampoco, como yo lo veo es algo para sentirse avergonzado… En fin… Con el paso de los años las cosas van adquiriendo perspectivas diferentes… eres joven aún…, ya llegará tu tiempo para entender lo que estoy comentando. ¿Vamos a la historia?

—Estoy atento a lo que tengas que decir –dice Albert mientras comienza a llevar a su boca un precioso bocadillo sugerido momentos antes por su interlocutor.

—En mi tercera visita… no, no… en mi quinta visita a este lugar me tomé mi tiempo en elegir a mi acompañante, algo similar a lo que has estado haciendo tú, finalmente opté por una mujer que tenía voz y ojos muy sensuales. Me susurró al odio cosa que ya había oído antes, pero terminó su susurro diciendo que en su caso el ritmo sería mucho más cercano a la perfección que todo lo que antes pude haber experimentado… Y eso, amigo mío encendió mi deseo de inmediato. Estando ya en la habitación, cuyo decorado, como comprenderás era para mí lo menos importante, iniciamos un preámbulo de esos de antología, digno de ser destacado… ¿sabes de qué hablo, cierto?

—Sí amigo, sé de qué hablas, no soy un novato y no me voy a las primeras caricias, vamos hombre, continúa…

—Bueno, como te iba comentando, luego de ese delicioso preámbulo se dio inicio a un incesante actuar pero, curiosamente lo que mencionó en su susurro estuvo muy cerca de la perfección… Realmente muy cerca de la perfección… Sabía muy bien lo que pasaba en mi interior, podía leer cada gesto, cada gemido que emitía, finalmente la explosión final se vio coronada con una dulce y exacta contención de aquella en sus labios… realmente una maravilla… Una maravilla.

—¿Volviste a repetir la experiencia?… ¿Supiste cómo lo lograba?…

—Nada de eso fue posible. En mi próxima visita pregunté por ella pero la respuesta no fue la que esperaba…

—No me vas a decir que falleció… o que se retiró del oficio…

—Nada de eso amigo mío, nada de eso… Prueba ese otro bocadillo… es de un mix de carnes de langostas naturales, no de las de criadero, no te arrepentirás, te darán de pasada bastante energía sin quedar pesado… ¿me comprendes?

—Bueno, bueno, pero continúa con lo que me estabas diciendo.

—Resulta que uno de los clientes acaparó sus horas y finalmente la convenció de irse con él… No sé si se casaron o no, pero si sé que ese sujeto debe estar teniendo una eterna luna de miel coronada cada vez por esa explosión que aún mantengo viva en mi mente.

—Es una buena historia, pero tanto como para guardarla como un secreto no me lo parece…

—¿Puedo continuar?

—¿Qué quieres decir con eso? ¿Acaso la historia continúa…?

—Por supuesto hombre, por supuesto.

—El cómo me enteré de la razón por la que aquella mujer ya no estaba disponible fue gracias al portero. Como ya te habrás dado cuenta soy bueno para conversar y esa condición me hizo contarle al portero el motivo de mi visita. Al describirle a la jovencita en cuestión la reconoció de inmediato. Realmente su belleza sobresalía, no te la describiré pero baste decir que era diez veces más atractiva que la mujer más bonita que en tu vida hayas visto. En fin, dado que ella no estaba anulé con el celular mi visita. Esa vez venía solamente por placer, así que una vez que hice la anulación me quedé unos momentos conversando con el portero mientras esperaba un taxi. Realmente no tenía apuro en irme así que observaba la calle para ver si veía alguno, incluso pensé en caminar un momento antes de llamar por el celular algún vehículo… Mientras eso ocurría me enteré de lo que en mi vida hubiese imaginado. Los avances médicos son realmente impresionantes… Aquella estupenda mujer era un hombre, era una mujer en un cuerpo de hombre, luchó mucho contra aquello hasta que finalmente decidió consultar, averiguó, investigó y finalmente dio el paso y se operó… Quedó espectacular. Es una pena no haberle sacado una fotografía… En fin… Así es la vida amigo mío, así es la vida… Aquel hombre por lo que entendí había tomado la mejor decisión de su vida y eso le hacía tremendamente feliz… Por supuesto que no pudieron tener hijos, pero por lo que el portero supo adoptaron y eso completó su felicidad… Era imposible saber lo que en su anterior vida era, y créeme, la recorrí completamente varias veces y no noté ninguna diferencia, la textura, el aroma, la suavidad, la sensación… Todo era exactamente igual a una verdadera mujer… Para mí ella era una verdadera mujer… ¿Qué si lo volvería a hacer con ella?.... Obviamente que sí, a no dudarlo… A no dudarlo. Ya, amigo mío, ha sido un gusto charlar contigo, debo irme… El deseo carnal ha bajado nuevamente y ha comenzado a inquietar y poner en movimiento a quien ya sabes…

Diciendo estas palabras, el sujeto se aleja y va directo hacia una joven de pelo largo y cobrizo, ella cariñosamente le toma la mano, le sonríe y le murmura cosas al oído para finalmente guiarle escaleras arriba. Mientras Albert observa aquello termina de saborear un nuevo bocadillo que el sujeto momentos antes le ha recomendado, es una verdadera explosión de sabor en la boca. Comienza a mirar con atención al staff con la intención de hacer su elección. Está en aquello cuando suena su celular. Su primer impulso es no contestar pero, dada la insistencia de aquella llamada que continúa sonando decide ver de qué se trata.

—Por fin contestas Albert —se oye decir a una alterada Anna.

—¿Anna?... ¿Estás bien?... ¿Ocurre algo?...

—Sí Albert estoy bien, pero necesito que me hagas un favor…

—¿Ahora?

—¡Sí hombre ahora!… sin dar tiempo a que Albert pregunte detalles, Anna le indica lo que necesita que haga, y que lo haga inmediatamente.

—Bueno Anna, quédate tranquila, lo hago de inmediato… Envíame la dirección… Voy lo más rápido que pueda.

Mientras Albert avanza raudo rumbo a la salida siente que alguien le observa en su rápido andar. No le da importancia, debe ir en ayuda de Anna, espera llegar pronto y terminar con ello la angustia que en estos momentos embarga a su compañera de viaje. Siente que le llaman justo cuando el portero interior está por abrir la puerta…

—¿Albert?... ¡Pero qué gusto verte hombre!… No sabía que frecuentabas este tipo de establecimientos… Debo confesar que tenía mis sospechas… Veo que ya vas de salida… Y con mucha prisa… ¿Pasa algo?

Con un leve balbuceo intenta explicar rápidamente…

—Es una emergencia, debo ir en ayuda de Anna…

—Pero hombre, haberlo dicho antes. Dime ¿en qué te puedo ayudar, cuéntame de qué se trata?, por favor, insisto.

—Esta mujer desesperada por hacer compras se ha ido, valga la redundancia, de compras y le han encontrado en su cartera, en una revisión aleatoria, un costoso perfume que ella asegura ha traído a la tienda, y, para zafar del problema me ha pedido que vaya por la boleta de compraventa que tiene en una de sus maletas en el hotel. Al parecer esto de los robos es algo que en este país se toman muy en serio, por lo mismo, si me permites debo volar en busca del recibo… Ha sido un gusto verte nuevamente y es una lástima que no haya podido disfrutar de los servicios que brinda este establecimiento.

—Espera un momento Albert, espera un momento… Quizás pueda ayudarte… Tengo en el maletero de mi vehículo mi mochila voladora, puedo ir por el documento en menos tiempo…

—Harías eso Farid…

—Por supuesto hombre, por supuesto… Aunque pensándolo mejor, puedo hacer algo mucho más efectivo y de pasada salvar tu visita a este maravilloso lugar… Es el mejor lugar que he visitado… Realmente el mejor lugar… Elijas a quien elijas tu placer está asegurado… ¡A – SE – GU – RA – DO!…

—Por lo visto eres un asiduo cliente del lugar… Y con respecto a la ayuda para Anna… ¿Qué tienes en mente Farid?

Sin contestar a la pregunta que Albert ha generado saca su celular y comienza a buscar en su lista de contactos… Finalmente da con lo que busca y da inicio a la llamada…

—¡Mahrum! ¡Viejo amigo!...

—No lo puedo creer… No lo puedo creer… ¿En verdad eres tú Farid?

—El mismo hombre, el mismísimo Farid… En persona…

—¡Qué gusto oírte…!

—Lo mismo digo amigo, lo mismo digo.

—De seguro no me llamas solamente para saludar… Vamos, vamos, dime de una buena vez qué necesitas… Tu tiempo y el mío son muy valiosos… Te escucho.

—Necesito ayudar a una buena amiga.

—Dame los detalles, supongo que si me estas llamando es porque puedo ayudarte a resolver lo que sea que le aqueje a la dama en cuestión.

—Es bueno saber que siempre puedo contar contigo Mahrum.

Con rapidez Farid le comenta la situación por la cual está pasando Anna y asegura que es imposible que aquella mujer sea una ladrona como han insinuado los guardias del local donde ella se encuentra en estos momentos.

—Yo confío plenamente en ti, amigo mío, y por ende confío en la señorita Anna. Deja todo en mis manos. Te devuelvo la llamada dentro de unos minutos, voy en camino… Espero que podamos reunirnos pronto para ponernos al día… ¿Dónde estás en estos momentos Farid?

—Adivina…

—¿En la casa de las damiselas?

—Eres bueno en esto de adivinar Mahrum, muy bueno.

—No te lo puedo creer, lo decía solamente por molestar… En fin, agenda una visita para los dos y después de la diversión nos ponemos al día… Esta vez invitas tú nuestra estadía… Ya he llegado a la oficina, déjame conversar y te aviso… Esto estará resuelto en cinco segundos…

Al cabo de menos de un minuto suenan casi al mismo tiempo los celulares de Farid y Albert.

Mientras Albert escucha a una agradecida y calmada Anna, Farid agradece la gestión de su buen amigo Mahrum. Es el dueño del centro comercial y ha resuelto prácticamente de inmediato la incómoda situación por la que ha pasado Anna. Luego de unos momentos ambos guardan sus celulares y Albert le agradece la ayuda prestada.

—No tienes nada que agradecer Albert, muy por el contrario soy yo quien te agradece el haberme permitido interceder para ayudar a Anna. Ahora, como ya está todo resuelto creo que es imperativo que hagas lo que has venido a hacer, y, por favor sé mi invitado, es más, insisto.

—Bueno, dichas las cosas de esa manera… Acepto.

—Yo debo irme, pero dejaré todo arreglado para que todo corra por mi cuenta, no te fijes en gastos, disfruta como si este fuera el último día de tu vida. Espero verte, espero verles antes de su partida. Disfruta tu estadía, mis saludos a Anna.

Diciendo esto Farid cruza la puerta de salida y un relajado Albert se dispone a recorrer el lugar con mucho más entusiasmo, no deberá correr con los gastos, hará lo que Farid le ha recomendado… Recorre el recinto y rápidamente se acerca a un grupo de tres hermosas damas cuyas edades son bastante variadas y lucen sus espectaculares figuras. Toma a dos de ellas del brazo mientras le indica a la tercera que les guie rumbo a la habitación de mayores comodidades. Los cuatro avanzan en dirección a la escalera, pero antes de llegar se desvían hacia un elevador que les lleva directamente a una imponente habitación donde dan rienda suelta a cuanta descabellada idea surge por la mente de un tremendamente feliz Albert. En medio de la excitación viene a su mente lo comentado por el sujeto de los bocadillos… Mientras continúa recorriendo aquellos cuerpos intenta ver alguna señal que le indique si es una verdadera mujer… No encuentra nada diferente, no observa ninguna cicatriz o cosa que se le parezca y simplemente se deja llevar por el ardiente momento.

Al día siguiente al encontrarse con Anna en el hotel le cuenta brevemente el motivo por el cual no contestó sus llamadas luego que ella quedara en libertad, omite los detalles pero sí le comenta que para su buena fortuna se encontró con Farid y fue él quien logró que saliera rápidamente de aquella embarazosa situación.

—Debemos juntarnos con él para agradecerle en persona tan noble gesto. ¿No lo crees así Albert?

—Definitivamente Anna. Debemos agradecerle lo que ha hecho por nosotros.

Anna le mira intrigada, pero no logra entender el real significado de las palabras de Albert. Albert sonríe y comienza a enviar un mensaje para saber a qué hora y en qué lugar pueden reunirse, al menos brevemente, para agradecerle por su ayuda. La respuesta no tarda en llegar. Un vehículo pasará por ellos a eso de la una de la tarde para juntarse a almorzar y conversar al menos por un momento. Les advierte eso sí que no desea que le vuelvan a reiterar sus agradecimientos, lo ha hecho con mucho cariño y no espera nada a cambio. Tampoco es la idea juntarse a hablar de temas laborales, ese tema está prácticamente resuelto. La idea es conocernos un poco más amigos.

Albert muestra el mensaje recibido y Anna sonríe mientras comienza a hablar en voz alta…

—¿Qué vestido será adecuado? Farid no ha comentado a qué lugar iremos, no puedo ir demasiado elegante y tampoco tan casual… Es un gran dilema, es un gran dilema… ¡Ya pues Albert! No te quedes ahí parado ven a ayudarme a elegir correctamente el estilo con que me debo vestir. Tengo vestuario nuevo y estoy algo agotada como para pensar cuál de todos debo escoger.

Una a una Anna va modelando las diferentes prendas hasta que finalmente encuentra una que es de su agrado. No es la que Albert hubiese escogido, pero bueno… al fin y al cabo es ella quien la vestirá y es precisamente ella quien debe sentirse completamente a gusto con lo que viste.

Parte del resto del día lo emplean en hablar de cosas triviales y ambos se lamentan el tener que regresar tan pronto. Intentan buscar algún motivo que les obligue a permanecer algunos días más pero no logran encontrar nada creíble. Finalmente desisten de esa idea y se resignan a la inminente vuelta.

—Al menos esta vez será en primera clase —dice con cierto aire de consolación Anna.

A la hora señalada están ya reunidos con Albert, y siguiendo su sugerencia no hacen comentario de la ayuda recibida y comienzan a conversar de cosas más mundanas hasta que finalmente cada uno inicia una conversación mucho más personal, contando cosas de sus vidas, sus sueños futuros, algunos temores y por supuesto una larga lista de aventuras amorosas. Los tres, como si de un club de conquistas y aventuras sexuales se tratara hacen gala de sus habilidades. Se sienten en general en un mismo nivel. Farid está realmente impresionado de las historias que Anna cuenta, con completa sinceridad, se podría decir que no ha omitido detalle alguno. Casi se diría que disfruta el hecho que dos atractivos hombres estén ciento por ciento concentrados escuchando cada palabra. Nota en ellos el deseo que cada una de aquellas aventuras les provoca y su mente vuela pensando en hacer un trío en el funicular.

—No se me pasó por la mente el lugar donde nos traerías a compartir historias Farid dice Anna completamente relajada.

—Es el mejor lugar que se te pudo haber ocurrido para tener este tipo de charla. Es algo que atesoraré en mi mente Farid —dice Albert tan animado como Anna.

—Anna y Albert —dice en tono bastante solemne Farid —, les contaré porqué les he traído hasta aquí. Este lugar es donde me envió mi padre a hacer mi primera actividad remunerada. En un principio pensé que era un tremendo castigo, no entendí en ese momento que lo que hacía realmente era darme una enorme lección de vida. Cuando lo comprendí Malek as Barhuani pasó a convertirse para mí en uno de los hombres más sabios que he conocido en mi vida. En esa oportunidad y luego de varios días de arduo trabajo, comprendí que las relaciones interpersonales bien llevadas eran lo que permitía lograr amistades duraderas, y eso, amigos míos, fue lo que aprendí conversando con los clientes que pasaban por el negocio, sus historias eran muy variadas y además la forma de plantear las cosas también lo era. Unos hablaban de manera dictatorial, otros con sumisión, otros muy indecisos, en fin, un sinnúmero de formas de expresarse pero con un punto en común… Todos querían amar y ser amados, más allá de querer lograr cosas materiales en la vida, el amor era lo que más importaba. No se necesitan de grandes lujos para sentir amor, y por amor me refiero a toda la gama de amor que puedan imaginar. La hemos pasado bien en el yate, en estos momentos es también un grato momento y para qué hablar de lo que cada uno ha vivido en el establecimiento… ¿Cierto Albert?...

Anna les mira y ambos simplemente se limitan a sonreír culposamente.

—Bueno, espero que algún día el par de lujuriosos me cuenten de qué se están riendo, intuyo de qué se trata pero me interesan los detalles, los más profundos detalles de aquella aventura y si se da la oportunidad de volver a ir espero tengan la gentileza de invitarme, al fin y al cabo creo que ya todos tenemos claro que vendría siendo la versión femenina de ustedes par de…

—Está bien Anna, está bien… Personalmente haré los arreglos para que puedas acompañarnos, lo que no sé es cuándo ocurrirá aquello, pero es algo que tendré en mente. Si no podemos ir juntos haré los arreglos para que al menos puedas ir y disfrutar de aquel maravilloso lugar.

—Amigos, debo retirarme. Ha sido un placer el compartir estos momentos con ustedes.

Farid se aleja del puesto de comida callejera despidiéndose efusivamente de sus nuevos amigos, así como del hombre que les ha atendido. Le tiene mucho afecto y el más profundo de los agradecimientos… Fue quien en sus inicios le enseñó las diferentes preparaciones y la manera de tratar con cortesía a los clientes. Es su tío Harbuddi, que por muchos años trabajó codo a codo con su padre hasta que finalmente decidió que para él la felicidad estaba en el lugar donde actualmente está. A petición de Malek acogió durante un tiempo a un joven Farid y le guio en el conocimiento que había adquirido en aquel puesto de comidas callejero. El aporte de Malek en el aspecto de los negocios también contribuyó en la educación de Farid.

Anna y Albert ven alejarse a un sujeto que les ha brindado su amistad. Más allá de un negocio y el ingreso de mucho dinero se han dado cuenta que han ganado un amigo y de alguna manera ese amigo les ha puesto frente a los ojos el cómo seguir, en la medida de lo posible viviendo sus vidas de manera mucho más alegre. Agradecen la deliciosa comida preparada al sujeto, sin saber que es el tío de Farid y con cortesía se alejan del lugar caminando con los pies descalzos pisando con suavidad la verde cama que va recuperando rápidamente su posición a cada paso que dan. Su trabajo ha concluido, es tiempo de regresar a sus vidas.

Capítulo 3.

Anna y Albert ya están de regreso en sus respectivos hogares, en el caso de Anna su esposo anda de viaje de negocios. Ella entiende que las cosas sean así, ambos las entienden y ya se han adaptado a ese tipo de vida. El desliz de él es ya cosa del pasado, ciertamente Anna ha dejado las cosas muy en claro. Por su parte Albert se encuentra en su hogar y, al igual que Anna está completamente solo. Es para él algo habitual. Generalmente todas sus relaciones las maneja de esta manera pero, curiosamente, en esta oportunidad siente que algo ha cambiado en su interior. Para Anna la situación es bastante similar. Al parecer el viaje de negocios ha generado en ellos mucho más que simples ganancias y momentos de grato placer. Con el paso de los días esa sensación se hará mucho más recurrente.

—Por fin has regresado Albert —dice con mucho entusiasmo Bernardita —. ¿Me has traído algún recuerdo de ese maravilloso viaje?

Albert la mira, y sonríe, ciertamente nada le ha traído. No se ha acordado de ella hasta este momento.

—La verdad Bernardita es que no se me ha dado el tiempo para nada más que no haya sido trabajo. Fue algo bastante extenuante y lo breve del viaje, pues bueno… ¿me comprendes?

—Por supuesto que comprendo Albert. Era solamente por preguntar, lo cierto es que me alegra mucho que ya estés aquí. ¿Nos juntamos a almorzar para que me cuentes detalles?

—Hoy lo veo muy difícil. Debo preparar varios informes y me siento algo cansado. ¿Me estaré volviendo viejo?

—Bueno si eso es así ya sabes que puedes contar conmigo para cuidarte…

—Lo sé Bernardita… Lo sé… Muchas gracias… ¿Y cómo ha andado todo por estos lados? –Pregunta Albert intentando ocultar su evidente poco interés.

Bernardita, que no ha captado lo obviamente evidente, se encarga de ponerle al tanto de aspectos de oficina y además de uno que otro comentario de pasillo. Cosas sin real importancia. Las cosas importantes, piensa Albert, han pasado realmente en su última conversación con Farid.

Bernardita continúa haciendo comentarios y de paso le recuerda la actividad entre tres que está pendiente. Mientras lo hace observa a Albert, pero siente que su mirada le traspasa como si pese a estar ahí, frente a ella, realmente estuviera en otro lado, en otra parte, igual situación siente que ocurre con sus palabras, una a una van ingresando en el pabellón auditivo de Albert, hacen su correspondiente recorrido para finalmente, y de una inexplicable manera, perderse entre aquellas paredes. Con incomodidad se despide de Albert desde la puerta pues no considera apropiado el acercarse a alguien que no es consciente que no está prestando atención. Bernardita siente que de seguro algo ha ocurrido en aquel viaje, y ese algo ha calado hondo en un Albert que ni él mismo sabía que existía dentro de él.

Tan pronto Bernardita ha salido de la oficina, Albert de manera impulsiva abre su email y comienza a escribir algunas líneas. Las relee un par de veces, las corrige, las borra. La vuelve a escribir hasta que finalmente se siente completamente satisfecho de que aquellas palabras expresan con mucha precisión lo que quiere decir, más bien, es su forma de entender que esas palabras serán entendidas por el destinatario tal y como él desea sean entendidas. A diferencia de lo que pensó ocurriría en breves momentos, la respuesta no llega. Con algo de impaciencia decide que es mejor salir a dar una vuelta para despejarse. Puede leer sus emails en su celular, así que tan pronto llegue el de su interés le leerá con mucha atención.

Mientras avanza por la calle concentrado en sus propios pensamientos y sin tener un punto de destino, en una lejana ciudad, un hijo ha llegado a la oficina de su padre y sin previo aviso ha ingresado interrumpiendo una llamada… Al ver la cara de su hijo sabe que debe colgar…

—Debo colgar, te llamaré tan pronto pueda, muchas gracias por tu comprensión querido amigo –diciendo esto cuelga el auricular y observa con ternura a la espera que Farid inicie la conversación.

—¿Sabías que finalmente este momento llegaría, cierto?

—Tenía mis sospechas, pero no sabía cuándo ocurriría. Al menos ahora ambos finalmente lo sabemos. Siéntate, ¿necesitas algo de beber?

Sin contestar la pregunta Farid inicia un imparable monólogo bajo la paciente y atenta escucha de Malek. Mientras lo hace se siente profundamente orgulloso de su hijo, a su mente viene la buena decisión de dejarle un tiempo bajo el fraternal cuidado de Harbuddi. Malek no emitirá palabra hasta que su hijo termine de decir todo cuanto ha venido a decir.

Un mensaje ingresa al celular de Albert, con nerviosismo saca el celular para ver si es la respuesta que espera, no es así, es un mensaje de Anna que le invita a juntarse este día cuando pueda, al parecer ella también, por su forma de escribir ha visto que parte de su forma de ver la vida ha comenzado a dar un vuelco, un inesperado giro que ninguno de ellos sabe exactamente donde les llevará. En sus mentes pasa la idea de que puede ser algo muy bueno o algo realmente muy perturbador.

Mientras camina de regreso a la oficina, Albert piensa que una forma de saber cuánto ha cambiado es cumplir esa fantasía de Bernardita y analizarse antes, durante y después de que aquello se concrete. Ha olvidado que ha salido a caminar y ha enfilado sin darse cuenta en dirección a la entrada de vehículos del edificio. Al ver que Jaime le saluda al tiempo que le observa con mucha curiosidad se da cuenta que va a pie y no en vehículo. Se afirma la cabeza a dos manos mientras comienza a reír descontroladamente, es una risa que hace muchísimo tiempo no había tenido, lo piensa y ríe aún con más ganas. Contagia de tal manera a Jaime que finalmente ambos terminan abrazados riendo. Uno con mucha felicidad sabiendo el motivo de aquella risa y el otro simplemente contagiado por la sincera y limpia risa de Albert.

—¿Me explicará el motivo de la risa don Albert? Me encantaría saber el motivo de su alegría.

—No lo haré Jaime, solamente diré que espero, de todo corazón, que alguna vez, y espero que eso sea en el corto plazo, logres tener una risa como la que he tenido yo en estos momentos… Es algo muy liberador…

—Confiaré en su palabra, como siempre lo he hecho. ¿Me va a contar alguna de sus aventuras del reciente viaje?

Mirando directamente a los ojos de Jaime siente que él

podría perfectamente bien ser ese tercer sujeto y así darle a Bernardita aquello con lo que sueña y de paso ver qué ocurre internamente con él. La idea le parece demasiado buena para ser realidad, no le dará más vueltas y simplemente hará lo posible por ponerla en marcha. Con mucha calma comienza a hablar midiendo de la mejor manera que puede sus palabras para no asustar a un incrédulo Jaime que con cada palabra abre cada vez más la boca no dando crédito a lo que sus oídos están escuchando. Cuando la idea es dicha nuevamente por Albert y esta vez de manera mucho más explícita con una amplia sonrisa dice…

—¿Haría eso por mí don Albert?

—Por supuesto hombre, todos tenemos derecho a divertirnos y no porque seas el portero vas a tener necesidades o sueños o fantasías diferentes a las mías… ¿o me equivoco? Estoy seguro, por lo que ya varias veces hemos conversado, que estarás a la altura de la situación. Eso sí, esta vez con las cámaras completamente apagadas. ¿Te parece bien que sea en el ascensor?

—¿Me está dando a elegir…?

—Pues ciertamente así es, si tienes algún lugar mejor pues lo comentas y veremos…

—No, no no… El ascensor estará bien. De por hecho que esas cámaras estarán fuera de operación cuando tan magno acontecimiento ocurra… ¿Puedo luego contar lo ocurrido?

—Si no das nombres no veo por qué no Jaime… ¿Entonces?... ¿Qué me dices?

—Pues obviamente que acepto… ¿Quién es la señorita?

—¿Y quién ha hablado de una señorita…?

—No embrome don Albert… ahí sí que no… eso no va conmigo…

—¿Pero cómo hombre, vas a dar pie atrás a tu palabra?... No me parece que eso sea de caballeros… ¿o sí?

Jaime comienza a palidecer, no sabe qué decir…

—Es broma Jaime, es broma… La señorita en cuestión es Bernardita…. ¿Qué te parece?

—Es una preciosura, es una belleza…

—Bueno, entonces todo arreglado. Hoy a la salida nos juntamos en el elevador.

—Ahí estaré puntual… No sé si solamente agradecerle o darle un abrazo…

—Con que digas gracias es más que suficiente. Ahora iré a comunicarle a nuestra compañía femenina que se prepare para una actividad que jamás olvidará… ¿Tienes alguna duda Jaime?

—A decir verdad sí… ¿Quién será el primero en….? Bueno, usted me entiende…

—No, a decir verdad no te entiendo   dice Albert tratando de contener la risa.

—El primero que… A ver… ¿Cómo se lo digo?… El que primero interactúe con la dama…

—¡Ah! ¿Te refieres a quien será el primero que introduzca lo suyo en lo de ella?

—Pues sí, ciertamente yo no lo hubiera expresado de mejor manera don Albert…

—Se nota que te falta mundo Jaime, esa respuesta es más que obvia…

—¿Eso significa que será usted?

Albert no puede contener la risa y la deja fluir…. Cuando ya está más calmado simplemente dice…

—Obviamente será aquel que la dama elija, así de simple, es su cancha… Ella elige quien entra a jugar primero en ella… Quizás no debería decirlo pero su cancha se llama Bernardeth… Mi equipo se llama Alberto… ¿Y el tuyo?

—El mío no tiene nombre don Albert…

—Pues anda pensando en un nombre que sea bueno, sin eso olvídate de entrar al juego…

Diciendo esto Albert se aleja de Jaime que con cara complicada trata de estrujar su cerebro pensando en un nombre adecuado…

—El terror del barrio…. El gigante generoso… El recordable… ¡Ya sé, ya sé!… James… Sí, James me gusta… además que es un nombre al estilo del que ellos le tienen a sus cositas… Me estoy empezando a poner nervioso… Colocaré la alarma de mi reloj una hora antes, me hidrataré bien, comeré algo e iré a asearme para estar preparado. De seguro que será una noche que jamás olvidaré. Será una experiencia que quedará grabada en mi mente para siempre. Yo, una hermosísima mujer y un hombre de mucha experiencia... ¿Alberto será más alto que James?... Bueno si apago las luces del elevador no deberé preocuparme por odiosas comparaciones... Aunque también deseo ver a la señorita Bernardeth en toda su brillante y húmeda expresión... Es una difícil decisión... ¡Mh!... Dejaré la luz encendida...

Sentado en su escritorio Albert levanta el auricular y con cálida voz invita a Bernardita a su oficina. No han pasado dos minutos cuando ella, muy coqueta ingresa, se acerca a la silla y rodeándole por detrás le abraza tiernamente mientras le susurra al oído...

—Sí, querido Albert, para que soy buena... Para que somos buenas...

—Tengo a la persona adecuada y podemos hacerlo hoy mismo a la salida... ¿Sigues interesada, cierto?

—A ver, a ver... Lo primero es lo primero... ¿Es hombre o mujer?

—Hombre, tal cual es tu fantasía... Quizás más adelante se den las condiciones para que sea una mujer... Aunque eso está por verse...

—A que te refieres con eso de eso está por verse...

—A nada Bernardita, a nada... ¿Y bien?

—Sabes que la respuesta es sí... ¿Quién es el afortunado?

—Jaime.

—¿Jaime?

—Sí, Jaime, el portero del estacionamiento.

—¡Jaime!... ¡Jaime!

—Sí... ¿Algún problema con él?

—Para nada Albert, para nada. Hace tiempo me le he insinuado un par de veces pero no entendió el mensaje, de seguro se ha sentido poca cosa. Pero para este tipo de actividad no se necesita estudios, solamente las ganas de pasarlo bien y ser completamente desinhibido. ¿Cómo lo has convencido?

—Simplemente le he dicho que tú serías la mujer que nos acompañaría y que tu fantasía de un trío era precisamente con él... ¿He hecho bien?

—De maravillas Albert, de maravillas, de seguro ya está a

mil pensando en lo que se nos vendrá… ¿Y dónde ocurrirá?

—Adivina…

—¿En serio?… ¿Será en el elevador?… ¡Es lo máximo!… Gracias.

—No me lo agradezcas, será placentero para todos. Nos vemos a la salida.

Mientras Bernardita se gira para darle las gracias con un beso en la mejilla, Albert introduce su mano debajo de la falda y saluda familiarmente a Bernardeth mientras le dice que se prepare para un encuentro que jamás olvidará.

Bernardita sale de la oficina con un leve temblor en las piernas… Su deseo que la hora señalada llegue es más que evidente… Aunque tenga cosas pendientes, se dará unos momentos para repasar su depilado, usualmente va a un centro de estética pero ha aprendido a hacerlo por si misma pensando en un momento como este, el día de poner ese conocimiento en práctica ha llegado. Conoce a Albert, pero no sabe el estilo que tendrá Jaime, si es demasiado frondoso espera tener la suficiente personalidad como para sugerirle que haga algo al respecto, pensando en un próximo encuentro entre los tres… Debe recordar llevar las botellas con agua y por supuesto su cómodo cojín… casi sin darse cuenta ha llevado sus dedos a los labios y les presiona levemente… Se siente vulgarmente bien esa sensación… Al parecer Albert ha vuelto a ser el mismo de siempre. Seguramente algo del agote del viaje le ha hecho lucir más desconcentrado… De seguro ha sido eso, piensa mientras busca entre sus cosas su equipo de depilar.

Mientras Albert revisa algunos pendientes en la oficina comienza a sentir que su vida comienza lentamente a retomar lo que para él es la normalidad. Revisa su celular y vuelve a leer el mensaje de Anna, aquello le perturba, sabe en el fondo que las cosas tomarán a la larga o a la corta un nuevo rumbo. Mientras piensa en aquello intenta también dilucidar si será buena idea ir hoy a ver a Anna, no sabe a ciencia cierta a qué hora terminará su trío, pero lo que sí sabe con certeza es que de juntarse con Anna hoy será única y exclusivamente para conversar. Es mejor llamarla para saber si estará disponible hasta tarde.

—¿Anna?

—¡Albert, qué bueno que te has comunicado…! ¿Vienes en camino?

—No Anna, aún estoy en la oficina. Llamaba para saber si no sería incómodo para ti el juntarse más tarde…

—Puedes venir a mi casa a la hora que desees, estoy completamente sola, mi marido anda de viaje y…

—Si es lo que creo solamente tendremos una grata conversación de amigos… ¿Es así Anna?

—Sí Albert, me has leído el pensamiento… ¿Te espero entonces?

—Sí, te aviso tan pronto vaya saliendo, ¿te parece?

—Eso estará bien para mí Albert. No trabajes hasta tan tarde, no es bueno agotarse tanto y menos si acabas de llegar de un largo viaje… Te espero.

La voz de Anna definitivamente no es la misma de antes y eso hace dudar a Albert de esperar la hora de salida para acudir a concretar la fantasía de Bernardita o ir directamente hasta la casa de Anna.

Por su parte, a muchos kilómetros de distancia la conversación padre e hijo aún no es tal, continúa siendo un monólogo. Malek continúa escuchando pacientemente a su hijo que, por lo que está viendo y escuchando, está dejando salir todo cuanto tiene guardado en su interior, algunas cosas no tienen ningún significado para Malek, pero por ningún motivo interrumpirá el caudaloso río que su hijo trata de controlar para encausarle de la mejor manera que le sea posible de manera que su padre le entienda a la perfección. Es un momento difícil en su vida pero al mismo tiempo tremendamente liberador. Farid no sabe que algo similar ocurre a sus nuevos amigos. La real expresión de su ser interior fluye sin ser capaz de impedir que aquello se detenga, todo eso le asusta pero a la vez le hace sentir que algo en su interior crece cada vez más. ¿Qué es aquello?... no lo sabe, no logra tener claridad respecto a ese sentimiento en particular, lo que sí tiene claro que es un nuevo sentimiento que avanza en su interior…

Bernardita mira nerviosa el reloj de su notebook, faltan

pocos minutos para las seis de la tarde y definitivamente está mucho más nerviosa de lo que siempre pensó que estaría. No dará pie atrás es un momento que ha soñado muchas veces y ahora que está por concretarse siente mucha ansiedad, tiene muchas dudas… ¿Qué sentirá? ¿Será capaz de satisfacer a dos hombres a la vez?... ¿Le generará placer o dolor si ambos la invaden al mismo tiempo?... ¿Se sentirán incomodos si ella decide entablar una charla con ambos al mismo tiempo? Degustar tanto a Alberto como a... ¿Jaime le habrá puesto nombre a su…? Una sonrisa aflora en su rostro… De no tener nombre ella misma le encontrará uno adecuado en base a sus características… ¿Pulgarcito?.... ¿Don gigantón?...

Jaime mira el reloj colgado en la garita, ya falta poco para el glorioso momento. Maneja los controles de las cámaras y desactiva el que corresponde al ascensor donde se llevará a cabo la tan ansiada acción. Ha pedido ayuda a uno de sus compañeros para que le releve antes de su hora de salida. Los profesionales tienen horario de oficina pero ese no es su caso y ha debido pedir un favor. El tema de la cámara inactiva la justificará diciendo que los técnicos vendrán mañana y que como es una pequeña cámara interior no será problema si presta atención al perímetro que da acceso a las instalaciones. Lo tiene todo planeado. Su relevo ya ha llegado y con prisa se aleja del lugar diciendo que saldrá por la otra entrada del edifico pues así no debe darse toda la vuelta.

—Llevo aquí ya varios minutos ¿No será esto una mala broma de don Albert? —se dice a sí mismo Jaime.

—¡Jaime! ¡Qué bueno que estés aquí!

—Ssssseñoritta Bernnardittta…

—Relájate hombre… Yo no muerdo… Bueno… de vez en cuando un leve mordisco en el fragor de la contienda… ¡Es broma Jaime, es broma!… He traído agua… ¿Gustas beber algo antes de…?

—Muchas gracias señorita Bernardita.

—Bernardita, Jaime, mi nombre es Bernardita… Somos adultos que sabemos a lo que venimos. Te aconsejo que te relajes para que lo disfrutes tanto o incluso más que nosotros…

—Vaya vaya… ¿Estaban pensando empezar sin mí?

—De demorarte un poco más esa era la idea Albert, ese era el plan.

Sin ninguna muestra de vergüenza Bernardita comienza a moverse provocativamente entre ambos sujetos y roza levemente con sus labios los labios de Jaime… Para Jaime es primera vez que participa en una actividad como esta y se siente en un principio bastante cohibido, pero, a medida que sus compañeros de juego le van haciendo sentirse cada vez más y más cómodo, y obviamente más y más excitado, comienza a relajarse y a disfrutar al igual que los otros aquel gratificante momento. En medio de todo ese jadeante y sensual actuar Albert recuerda la cámara y de manera inocente pregunta por lo bajo a Jaime si la ha desactivado… Bernardita escucha aquel comentario y sin alterarse detiene su actuar…

—A ver a ver… ¿Me van a decir el par de lujuriosos que están grabando todo esto?... Es que no me lo puedo creer… ¡Qué bajeza más grande…! Esto termina aquí mismo…

—Bernardita, Bernardita… No es lo que crees, esa pregunta es para asegurarme que Jaime ha desactivado la cámara… No es otro el motivo… Por mi retorcida mente jamás ha pasado el hecho de dejar registrada nuestra agradable actividad…

Bernardita les mira a ambos directo a los ojos y nota que en el caso de Jaime su miembro, dado el nerviosismo ha disminuido notablemente su envergadura. Sin el más mínimo pudor Bernardita dice…

—Bueno, bueno, ya que todo está completamente aclarado creo que deberé realizar maniobras de reactivación al alicaído miembro de Jaime… ¿Tienes alguna objeción Jaime?

—No, no… ninguna objeción Bernardita —dice Jaime muy entusiasmado mientras acerca su miembro al rostro de Bernardita.

—Qué bueno que ya has entrado en total confianza —dice Bernardita balbuceando las palabras mientras sus labios y paladar hacen que Jaime disfrute cada momento.

Por su parte Albert que no ha perdido para nada su porte disfruta viendo como Bernardita le brinda placer a Jaime. En medio de aquella actividad pregunta…

—Jaime… ¿Y qué nombre le has puesto a lo que Bernardita

con tanto entusiasmo está paladeando?...

—Le he puesto James...

—¿Cómo has dicho, Jaime?

—Le he llamado James –dice en medio de un suspiro Jaime.

Mientras dice eso Bernardita comienza a hacer lo propio con Alberto, hasta que finalmente termina entablando una grata conversación entre Alberto, James y su lengua... La actividad continúa por varios minutos hasta que...

—Bueno, caballeros... Es momento que Bernardeth entre al juego e interactúa con Alberto y James, como soy una dama les permitiré turnarse para ese gratificante diálogo, mientras uno dialoga con Bernardeth el otro tendrá el grato placer de dialogar con la parte opuesta que no está tan retirada... ¿me comprenden?... ¡Y!... Quien inicia el diálogo con Bernardeth es...

La sonrisa de Jaime es imposible de borrar... El elegido para dialogar con Bernardeth ha sido Albert...

Mientras la actividad va fluyendo y generando cada cierto tiempo los correspondientes intercambios Jaime piensa por unos segundos si el ascensor resistirá tanta vibración, más ese pensamiento pronto pasa al olvido y continúa moviendo su pelvis con rítmicos movimientos... De pronto nota que Albert comienza a hacerle gestos que solamente él puede ver... Esos gestos le indican que ya va siendo momento de hacer el último gran esfuerzo y si siguen el ritmo en conjunto lograrán estar lo más cerca posible de finiquitar esto prácticamente al mismo tiempo... Jaime entiende perfectamente y comienza a marcar el mismo ritmo enérgico y penetrante que Albert ya ha comenzado a marcar... Los gemidos de Bernardita son realmente únicos... Ella está dejando salir todo ese ardiente placer que siente con cada embestida... Al cabo de unos cinco minutos de intensa actividad el placer máximo es finalmente alcanzado y luego de unos momentos dedicados a caricias a Alberto y James cada uno comienza a vestirse con la calma propia de sentirse cada uno plenamente satisfecho tanto de su desempeño como de el de los demás.

—¿Creen ustedes que esto pueda repetirse?... —Pregunta tímidamente Jaime.

—Por nuestra parte no hay objeción —dice alegremente

Bernardita —. Bernardeth y Bernardita estamos completamente dispuestas a repetirlo una y otra vez aunque... Pienso que deberíamos elegir otros lugares para hacerlo... Por el dinero para el pago de esos lugares no te preocupes Jaime... Jaime y James serán nuestros invitados... ¿Cierto Albert?

—En principio yo también diría que sí, aunque...

—Por el sonido de tu voz ¿debo entender que tienes alguna duda?

—Démosle tiempo al tiempo como se dice... No siempre podremos coordinar nuestros tiempos además que ustedes saben que mis intereses en este tipo de actos son bastante variados y pues bueno... tengo en mente varias actividades y en ellas ustedes no están considerados... No hay otra forma de decirlo... Entiendan que no se trata de ustedes... ¿Me comprenden?...

—Te comprendo perfectamente Albert... Veamos cómo se van dando las cosas... ¿Estás de acuerdo Jaime?

—Por supuesto, entiendo que la idea es que esto sea sin ningún tipo de presiones, creo que así es la única manera que esta ardiente relación pueda darse de cuando en cuando... Obviamente que si las cosas no se dan... bueno, pues simplemente no se dan. Ahora es momento de retirarnos, está por iniciarse la ronda de vigilancia y no creo que sea buena idea que nos encuentren a los tres aquí... ¿o sí?

Jaime presiona dos botones y el elevador comienza a desplazarse en dirección al subterráneo donde tanto Bernardita como Albert tienen estacionados sus vehículos. La primera parada ocurre en el piso uno donde Jaime desciende despidiéndose de ambos con un movimiento de su mano derecha... Mientras las puertas del ascensor comienzan a cerrarse para continuar su recorrido Bernardita dice...

—James y Jaime mis felicitaciones ambos han sobrepasado mis expectativas, muchas gracias a ambos...

La sonrisa de Jaime corona el final de esas palabras.

—Has elegido bien Albert...

—¡Qué bueno que lo hayas disfrutado Bernardita! Aquí entre nosotros no creo que podamos volver a repetir algo así...

—Bueno, bueno... esperemos mejor a ver qué pasa... ¿Me

acompañas al auto? —Dice con un gesto de labios muy sugerente.

—Te acompaño hasta tu vehículo pero me debo ir de inmediato, tengo algo que hacer…

—¿Y no me vas a invitar a hacer otro trío? Para mí es obvio que vas a juntarte con una mujer y eso querido Albert sería algo que de seguro te encantaría…

—No voy a ese tipo de actividad… Sé que cuesta creerme…

—Ya Albert, no te entretengo más, mejor ve directo a hacer lo que tengas que hacer… Nos vemos mañana en la oficina. Cuídate mucho —diciendo esto se acerca y le da un tierno beso en la mejilla que Albert agradece con un gesto de cabeza.

Albert se dispone a salir del estacionamiento pero antes de iniciar la marcha decide enviar un breve mensaje a Anna.

—Voy en camino, recién estoy saliendo de la oficina.

Por respuesta recibe un par de líneas.

—Te estaré esperando con un delicioso vino y una grata conversación.

Tanto Anna como Albert saben que esta vez no tendrán nada de la ya usual acción. Ninguno sabe cuánto durará su encuentro, pero, ya sea que dure unos pocos minutos o se extienda hasta la madrugada, una vez finalizada Albert regresará a su casa y Anna, esta vez, al igual que Albert, pasará irremediablemente la noche sola.

El viaje no es ni largo ni corto, pero sin darse cuenta Albert va recordando cada uno de los encuentros con Anna, desde que la conoció hasta la fecha, han sido todos momentos muy agradables y no le enjuicia el hecho que a pesar de estar casada salga con él y con otros sujetos. Él, pese a no estar casado hace exactamente lo mismo, su vida, en ese sentido es bastante similar, salvo el pequeño detalle del matrimonio. Al tomar una cerrada curva recuerda fugazmente el encuentro en el ascensor junto a Bernardita y Jaime, se sonríe al tiempo que aprieta las manos sosteniendo el volante para mantener al móvil dentro de la vía… Divisa la casa de Anna, respira hondo, se estaciona, cierra con suavidad la portezuela y de cinco pasos ya está tocando el timbre. Anna tarda unos momentos en abrir pero eso no impacienta a Albert, simplemente espera parado frente a la puerta, al parecer a ninguno le corre apuro el iniciar la conversación.

Por su parte en la oficina de Malek as Barhuani una nueva conversación padre e hijo ha dado inicio, esta vez Farid de la mejor manera que puede intentará hacer ver a su padre que la vida siempre continúa, siente que aunque su padre se cierre a ello y sobre todo a recibir algún tipo de comentario o consejo de su hijo se permitirá hacer lo que considera correcto hacer…

—Entiendo padre que los años avanzan y el sentimiento que guardas hacia mi madre está permanentemente vivo, pero también entiendo que no es bueno el estar eternamente solo, sobre todo siendo tú un hombre que tiene aún mucha fuerza y mucho cariño por entregar… ¿O me equivoco?

—Me sabes leer muy bien hijo mío, es así tal cual lo has mencionado, pero a estas alturas de mi vida ¿quién se fijaría en un hombre como yo?... Mi enorme fortuna es un imán muy poderoso y no podría soportar el saber que alguien se ha acercado a mí solamente por ella. No me siento capaz de detectar quien realmente se acerca a mí por interés o por verdadera simpatía y amistad. Mi círculo siempre ha sido muy reducido y con la partida de tu madre se ha reducido aún mucho más… Por lo visto, tu querido viejo está destinado a continuar en completa soledad el tiempo que le reste de vida… Pero no hablemos de mí creo que es mejor que hablemos de ti... Aunque en nuestra última conversación prácticamente fuiste tú quien habló y habló, quizás sería bueno que te concentraras en tu esposa y dejaras de andar por ahí como si aún fueras un inmaduro soltero… Me parece que ya hemos tenido este tipo de conversación hijo… ¿cierto?

—Sí papá, pero ese tema es algo que ya he estado analizando, lo que por ahora me preocupa es que seas feliz… Y ya sé… Ya sé… Mientras yo sea feliz lo serás… Pero me refiero a otra cosa… Me refiero a aquello que se siente muy en el interior, eso que va más allá de algo que se pueda controlar… Sé que lo has sentido antes y estoy seguro que también podrás volver a sentir… ¿O es que acaso ya lo sientes?... Papá… ¡Papá!... ¿Papá?...

—Ay hijo… la vida a veces suele ser muy extraña… Te permite tener mucho de algo y muy poco o casi nada de lo que es realmente importante y por tus comentarios, como me estoy dando cuenta, tú también has comenzado a darte cuenta de aquello… Eso de que la vida te da es un decir… Pues ambos ya sabemos que todo está ahí, al alcance de la mano, solamente se debe…

—Lo que me dices es importante y ciertamente valoro tus palabras pero… ¿Papá?... ¡Papá!... Papá… Cuéntame de una buena vez… Ya no soy un niño pequeño al cual puedes engañar cambiando simplemente de tema… ¡Vamos!

—Hijo… —Dice Malek dando un prolongado suspiro.

—¿Estás nuevamente enamorado?... ¡Es eso! ¡Lo sabía!… ¡Lo sabía!

—Ay hijo…

—¿Y quién es la afortunada?... ¿La conozco?... ¿Ya se lo has dicho?... ¿Has intimado con ella?... ¿Estás pensando en algo más serio?… ¿Compromiso?... ¿Es viuda, soltera, casada, divorciada?... ¿Le has entregado algún anillo de compromiso?... ¿Dónde será el matrimonio?... ¿Has pensado dónde la llevarás de luna de miel?...

—Ay hijo…. Son demasiadas preguntas y, aunque me pese decirlo, en vez de disfrutar tu natural entusiasmo, cada una de aquellas preguntas me hace ver lo distante que realmente estoy de todo aquello… Ay hijo…

—¿Papá?... No te comprendo… Es que acaso… ¿Es que acaso?.... ¡Es que acaso!...

—Sí hijo… Sí hijo… Dice con desconsuelo Malek.

—¡No puede ser!... ¡No puede ser!... ¡No lo puedo creer!... ¡Ella no tiene la menor idea de todo esto!

—Así es… Sabe que existo, pero no sabe que existo de la manera como ella existe para mí. —Los ojos de Malek se humedecen y con esa imagen los ojos de Farid se humedecen también.

—¿Y qué es lo que haremos para que aquello cambie?

—¿Haremos?

—Por supuesto… no te dejaré solo en esto… Necesitas todo el apoyo que puedas obtener y quien mejor que yo, tu hijo, para ayudarte en esta magna tarea… Necesito detalles para elaborar alguna estrategia que te permita acercarte a ella y pronto…

—No necesito estrategia, no es una conquista para pasar el rato… Tus intenciones son buenas pero creo que tu idea de estrategia va siempre encaminada en una pura dirección... Meterte entremedio de sus piernas y eso, mi querido hijo no es precisamente mi objetivo principal, obviamente siento por ella una fuerte atracción, pero es algo que va mucho más allá de ese plano ardiente... ¿Me comprendes?

—Perfectamente papá, perfectamente...

—No es que no confíe en ti pero en este tema en particular créeme que tengo mis dudas, tus andanzas antes y después de tu matrimonio son casi legendarias... Creo que serías igual con o sin dinero... He llegado a pensar que no te casaste plenamente enamorado... O si así lo fue, al poco andar ese sentimiento mutó a algo de menor fuerza. No creas que no me he dado cuenta de aquello y si yo lo he notado de seguro Jazmín también lo ha hecho... ¿Supongo que estás haciendo algo con respecto a eso?

—No estamos hablando de mí en estos momentos... No me cambies el tema papá... Vamos cuéntame de ella.

Mientras Malek comienza a hablar de ella su voz se vuelve cada vez más alegre, más viva, con cada palabra el espacio es llenado con su voz mientras sus ojos se achican y se agrandan a la vez, sus manos juegan nerviosas la una con la otra. Se levanta, camina mientras sigue hablando, luego vuelve a sentarse. Farid le observa atentamente, por nada del mundo interrumpiría aquellas bellas palabras que vienen de lo más profundo de esos, hasta ahora ocultos, sentimientos de su padre y que son vivamente expresados por medio de sus labios...

—Perdona la tardanza en abrir Albert, estaba dándole el último sorbo a mi copa de vino, pasa, pasa, tengo la tuya ya dispuesta...

—No necesitas disculparte, me alegra que hayas disfrutado el vino, es hora que ambos disfrutemos de una copa en compañía... ¿No lo crees así?

El silencio y una cálida mirada son la respuesta de Anna. Aquello es suficiente respuesta para Albert. Por ningún motivo hablará del encuentro y está seguro que Anna tampoco tocará el tema. Albert no conoce al marido de Anna y supone que ella ya tendrá una buena excusa para justificar su estadía... De seguro será algo laboral... Tan pronto ha terminado de pensar aquello recuerda que Anna está sola, pues su marido anda en viaje de negocios. Siente lo agradable que es el no andar inventando excusas para justificar su presencia y de ocurrir que llegue de improviso pues simplemente es una charla entre compañeros de trabajo y nada más. Ese sentimiento se siente bien y al ver la cara de Anna y en especial sus ojos sabe que ella siente de la misma manera… Nada que ocultar, nada de lo que tuviera que arrepentirse… Nada que necesite justificar... y nada por lo que deba dar explicaciones…

—Es un muy buen vino Anna.

—Sí Albert es realmente un muy buen vino. ¿Sientes que el viaje te cambió?... ¿Sientes que el viaje nos cambió?

Albert la mira intentando descifrar si el real sentido de aquellas palabras es el que él le está dando… Lo piensa unos momentos y finalmente sin analizar las cosas comenta…

—Yo no diría que el viaje ha hecho algo parecido, más bien diría que ha sido ese personaje con el cual ambos nos hemos topado y que ha sido bastante sincero y cercano con nosotros pese a estar recién conociéndonos… Y ambos sabemos que eso no nos había ocurrido nunca, pero nunca en la vida… Casi diría que pondría mi vida en sus manos con la total confianza que estará a la altura de cada una de las situaciones y, a juzgar por cómo me miras, diría que estoy expresando con palabras gran parte de lo que tú sientes…

—Así es querido Albert y la verdad es que eso me tiene muy confundida… La palabra confundida no es la adecuada aquí, es más bien…

—La palabra es libre Anna… ¡LIBRE!

—Esa es precisamente la palabra… ¡Qué increíble que era tan sencilla y para mí ha sido tan difícil de decir! Está en mi vocabulario pero es una palabra que jamás había sentido… La he usado muchas veces, pero… Sentirla… ¡Sentirla!...

—Yo creo Anna que es una palabra que ya ha pasado a formar parte de nuestro diario vivir y por lo que a mí respecta es algo que realmente me fascina… ¡Libre!... ¡Libertad!... ¡Libre!... Se oye muy bien, se siente bien esa palabra en los labios… Vamos, pronúnciala…

Anna con algo de timidez la pronuncia un par de veces hasta

que sin darse cuenta tanto ella como Albert terminan gritándola a todo lo que sus pulmones les permiten…

—¡Libre! ¡Libre! ¡Libre!...

Aquella palabra recorre la sala donde ambos se encuentran y poco a poco inunda cada rincón de la habitación. Sus cuerpos han comenzado ya a sentir una vibración que les hace sentir aquella palabra rebotando sin control dentro de ellos. El silencio es fiel testigo de aquello y ambos sobrecogidos por esa sensación disfrutan aquello que es completamente nuevo para ellos.

El resto de la velada continúa con muy pocas palabras y abundante vino sin ser excesivo.

—¿Albert? —dice Anna con la lengua levemente traposa —. Si lo deseas puedes quedarte a dormir. Tengo pieza de alojados. Piénsalo, no es buena idea que manejes después de todo lo que has bebido.

Tan pronto termina de hacer su ofrecimiento se gira hacia Albert para saber qué contestará a su ofrecimiento y le ve plácidamente dormido en el sillón… Se levanta lentamente y va en busca de un cobertor y una almohada. Con suavidad le acomoda la cabeza y le cubre con el cobertor, finalmente le saca ambos zapatos y se retira a su habitación. Siente que ha sido la mejor conversación que ha tenido con Albert… Siente que ha sido la mejor conversación que ha tenido en muchos años… en muchos años…

Farid no puede aguantar el no saber el nombre de la mujer que ha cautivado el corazón de su padre pero no sabe si es buena idea insistir, siente que debe respetar el espacio de su padre en este tema y simplemente se alegra de ver como Malek habla y habla de aquella mujer, la describe con mucho detalle pero no de manera física, la descripción es mucho más profunda que un simple aspecto visual. Con cada palabra que escucha Farid va sintiendo que dentro de él se abre un nuevo mundo de sentimientos y aquello definitivamente se va uniendo a lo que ya ha comenzado a experimentar…

Los días continúan avanzando y las conversaciones entre Malek y Farid se tornan cada vez más íntimas, pese a eso, Malek aún no le ha revelado el nombre de la mujer. Farid intenta con mucho esfuerzo de su parte el tratar de dejar esa vida licenciosa que ha llevado, valga la redundancia, toda su vida, pero la relación con Jazmín está, producto de sus múltiples escapadas, bastante desgastada, deteriorada, inestable. En sus múltiples paseos cerca del lugar donde su tío posee el puesto de comida trata, día a día, de aclarar sus pensamientos, su mente, sus sentimientos… No puede descuidar su trabajo, el nuevo proyecto, pese a estar hasta ahora, correctamente planificado, no está exento de detalles que demandan su permanente atención. La firma de Anna y Albert ha realizado un trabajo de primer nivel, pero ambas partes saben que la perfección absoluta no existe en este tipo de proyectos, los posibles detalles han sido analizados previamente, pese a aquello no todo sale según lo que se ha planificado. Farid necesita tiempo para sus asuntos personales incluyendo en ellos el apoyar a su padre, razón por la cual ha decidido recurrir a la firma de Albert para que le faciliten las cosas, él es perfectamente capaz de resolver los pequeños asuntos pero el tiempo en estos momentos juega en su contra. Con eso en mente inicia los contactos con Anna.

—Querida Anna, espero te encuentres feliz con tu vida, por acá las gratas conversaciones que hemos mantenido durante su muy corta estadía me han abierto un mundo completamente nuevo y aquello unido a algunos asuntos familiares me está demandando mucho tiempo, por lo mismo te agradecería mucho me ayudaras a resolver algunos detalles que estoy teniendo con respecto a la obra. Si puedes ayudarme en este tema por favor házmelo saber para así enviarte mis dudas. De no ser posible lo entenderé. Un gran abrazo para ti amiga mía y para mi otro nuevo amigo Albert.

La respuesta de Anna no tarda en ser enviada.

—Cuenta conmigo para lo que sea necesario, trataré, en la medida de mis posibilidades y capacidades de ayudarte. Tengo un muy buen equipo de apoyo, en especial de Albert, por lo que no dudo que podremos ayudarte. Un abrazo para ti y mucha fuerza y perseverancia para aclarar tu mente. Ya nos organizaremos para hablar de otros temas. Te adelanto que has abierto en mi mente un camino que hasta la fecha estaba invisible y, por la conversación que he sostenido con Albert él ha tomado el mismo camino. Es algo que te debemos agradecer a ti querido amigo Farid. Cuenta con mi ayuda y obviamente la de Albert. Estamos disponibles para lo que necesites. Espero tu correo, lo responderemos tan pronto nos sea posible, por favor indica una fecha estimada de necesidad de las respuestas para organizar nuestros trabajos. Se breve y no te compliques, juntos encontraremos la o las mejores soluciones. Espero que el tiempo que te ayudemos a tener te permita avanzar en tus temas familiares.

—Muchas gracias Anna, te lo agradezco, se los agradezco.

Tan pronto ha terminado el contacto por email con Farid, Anna contacta a Albert para ponerle sobre aviso que deberán apoyar a Farid en algunos temas que está por enviar. Consultas que reenviará a Albert para así distribuirse las dudas y responder lo más rápido posible.

Por su parte Albert, que ha pedido unos días de descanso, ha recibido el email y contesta a Anna que está disponible para lo que sea necesario. Ayudar a Farid es algo que considera un placer más que una obligación laboral y también el resolver las diversas situaciones que envíe permitirán reunirse con Anna y disfrutar de su grata compañía. Definitivamente ambos han logrado algo que jamás pensaron podría suceder.

Fabiola, que es una de las antiguas conquistas de Albert, ha notado su cara de preocupación y con algo de interés le consulta el motivo de la expresión en su rostro. Albert le comenta brevemente que deberá retomar algunos temas de la oficina, pero que aún continuará con sus días de descanso.

—Mientras trabajas aprovecharé de ir de compras. Nos vemos Albert.

Fabiola ya ha salido de la habitación y Albert sabe que la idea de juntarse con algunas de las antiguas conquistas para intentar tener algún tipo de relación estable no está fluyendo como él quisiera, por lo mismo esperará a que Fabiola regrese para comunicarle que no continuará frecuentándola. Es lo que debe hacer, necesita comunicarse de una manera completamente diferente con alguien que le haga sentir que, pese a que el aspecto físico es importante, el aspecto sentimental supera con creces esa sensación. En realidad no son comparables pero Albert sabe que ambas partes deben estar presentes en una relación y es eso exactamente lo que está buscando. Continuará con su lista… Ha iniciado con aquellas mujeres solteras y, de no hallar lo que busca en ellas está evaluando el continuar con aquellas mujeres que tengan algún tipo de relación, solteras con algún grado de compromiso o definitivamente las casadas, excluyendo de la lista a Anna a quien ya siente su mejor amiga, Bernardita también podría calzar en esa categoría pero no está seguro a ciencia cierta que ella desee estar solamente en ese plano de amistad. Su juventud de seguro le impulsará a querer siempre acción…

La lista es larga y Albert solicita una extensión de sus vacaciones con el ofrecimiento de trabajar a distancia para resolver o avanzar en algunos temas. No puede darse el lujo de abandonar su trabajo y dado que es un muy buen elemento en la empresa se le permite funcionar de esa manera. A fin de cuentas el trabajo continúa realizándose como siempre y mientras eso funcione el cómo lo haga es algo completamente secundario.

Albert no ha tenido noticas de Anna, al parecer ha sido perfectamente capaz de resolver las consultas de Farid. Lo que Anna no le ha comentado es que además de temas laborales Farid está concentrado en temas personales que son de suma importancia. Dicha información le llega con un email de Anna.

—Albert… Espero que tu búsqueda esté bien encaminada, por mi parte intento recuperar la magia de mis primeros años de matrimonio, no te negaré que es difícil, ya no somos los mismos, sobre todo yo, pero, por esfuerzo no me quedaré. Eres un buen amigo y por lo mismo en algún momento te invitaré a casa para que conozcas a mi marido y él te conozca a ti. Necesito que él se dé cuenta que entre nosotros solamente hay una enorme amistad que simplemente se ha dado a medida que hemos avanzado en nuestro trabajo. ¿Estarías dispuesto? ¿Sería eso muy complicado para ti?

—Para nada Anna, para nada, cuenta conmigo. Solamente debes decirme la fecha y ahí estaré. Ambos sabemos que lo que hemos vivido juntos no se volverá a repetir.

—Es bueno saberlo. Lo sabía pero necesitaba que me lo dijeras. Pasando a otro tema, he estado en conversaciones con

Farid y le he notado muy complicado. Al parecer está igual que nosotros intentando enrielar de alguna manera su vida y de paso ayudar a su padre, pero, por lo que me comenta las cosas no avanzan como él quisiera… Quizás unas palabras tuyas le sirvan para encontrar el camino…

—Por supuesto Anna, me contactaré con él de inmediato. Qué bueno que fuiste capaz de resolver sus dudas del proyecto. Ese tiempo me ha venido muy bien, pero… aún no logro encontrar lo que necesito… Es bueno saber que tú vas muy bien encaminada… Avísame la fecha y allí estaré. Un gran abrazo.

Albert revisa su lista y envía un breve mensaje a la siguiente mujer en su lista, con todas ellas ha disfrutado su compañía pero no es lo mismo el diario vivir y ese es el motivo que le mueve en esta etapa de su vida… Sin darse cuenta ha empezado a madurar… Al menos es lo que cree… Enviará unas líneas a Farid esperando poder ayudarle.

—Querido Farid, las cosas por acá van encaminadas en la búsqueda de una compañera estable. No es mi afán el seguir simplemente manteniendo relaciones centradas en una sola cosa… ¿Me comprendes?... Así como sé que puedo contar contigo recuerda que también puedes contar conmigo de la manera más incondicional que se te ocurra. He sabido por Anna que los pequeños detalles que has debido sortear han llegado a buen puerto, pero en otros aspectos al parecer las cosas no marchan según lo esperado… Un abrazo… Albert.

La respuesta a su email tarda unos momentos en llegar. En ella viene precisamente lo que Albert está esperando…

—Es un tremendo placer el confirmar con tu email lo que ya ambos sabemos. Es increíble el cómo nos hemos comunicado tan bien en tan poco tiempo de conocernos. Efectivamente los temas laborales los he resuelto con la ayuda de Anna, pero no creas que te he dejado de lado. Simplemente inicié el contacto con Anna pues ella es el nexo comercial, en temas laborales obviamente es claro que puedo contar también con tus conocimientos, pero, por lo comentado por Anna eso no fue necesario, de seguro no ha querido exigirte más de lo necesario. Trato de enrielar las cosas en mi matrimonio pero la situación se ve algo complicada, por no decir bastante. Por otra parte mi padre está muy interesado, yo más bien utilizaría la palabra enamorado, pero no está actuando como el adulto que es y eso le tiene bastante complicado al igual que a mí, pues no he sido capaz, hasta ahora, de ayudarle. Al parecer no soy la persona adecuada para hacerle comentarios que le sirvan… ¿Quizás tú podrías guiarme?, ¿orientarme?, ¿aconsejarme? O simplemente escucharme…

—Por supuesto Farid, por supuesto. Te pediría, eso sí, que me des más detalles. Sabes bien que en los detalles uno debe fijarse siempre.

Las conversaciones entre Farid y Albert se hacen cada vez más constantes, del email pasan directamente a las conversaciones telefónicas y finalmente a video llamadas. Eso les agrada, el verse y notar cada expresión es algo que saben atesorar. Ambos comentan que no logran entender el por qué no han iniciado desde el principio las conversaciones por ese medio. Hacen de vez en cuando llamadas de ese estilo incluyendo a Anna, pero, aunque las cosas son agradables entre tres, hay, definitivamente temas que por pudor Farid, que en ese tema hoy se desconoce por completo, prefiere interactuar solamente con Albert. Dadas así las cosas y explicadas a Anna nadie se siente mal por lo que ocurre y Farid sabe que también puede contar con Anna para lo que sea necesario, refiriéndose con eso al ámbito sentimental que en estos momentos está pasando, tanto él como su padre.

—¿Farid, realmente no has logrado que te diga quién es esa mujer?

—No lo he logrado Albert, y mis sospechas van encaminadas hacia mi tía, la hermana de mi madre. Es soltera, bien parecida y muy agradable. Yo no le veo problema a esa relación y si fuera ella es obvio que mi padre no lo está manejando de buena manera.

—Farid, Farid, dale tiempo al tiempo… ¿Y a propósito de eso?… ¿Sabes cuánto tiempo lleva ya en esa condición?... ¿Y tú… cómo vas con Jazmín?

—Ciertamente no muy bien, el que confíe en mí es algo que realmente creo nunca lograré… Mi pasado aparece siempre frente a ella y es muy difícil que comprenda que ese es el Farid antiguo… Continúo trabajando en eso, por decirlo de alguna manera, pero amigo mío eso lo veo muy pero muy difícil de lograr. ¿Y tú?... ¿Cómo va la búsqueda?...

—Ciertamente no muy bien, parafraseando a mi mejor amigo —dice Albert intentando inyectar algo de relajo a la conversación.

—Lamento oír eso amigo mío… Siento que hasta la fecha eres la persona que mejor comprende mis sentimientos y creo que en tu caso te pasa exactamente lo mismo conmigo.

—No lo pudiste haber expresado de mejor manera… Es una agradable sensación… Si no nos gustaran tanto las mujeres diría que…

El silencio incómodo de Farid hace que Albert rápidamente cambie de tema y continúe con ideas para el padre de Farid intentando apoyarle pero sin que ese apoyo signifique presión alguna hacia Farid o desde Farid hacia su padre. Con el paso de los días las cosas comienzan a mejorar. Farid le comenta que su padre ha tenido una distendida conversación y en ella le ha contado quien es la afortunada.

—Es algo de no creer Albert, la mujer que le quita el sueño a mi padre es su secretaria… Era muy obvio… ¿Cierto?... ¡Debí haberlo descubierto antes! En fin, es una excelente mujer, atractiva, inteligente, confiable y si mi padre logra dar el paso espero que poco a poco logre conquistarla. Me preocupa la diferencia de edad, pero, en el amor, o mejor dicho, frente al nacimiento del amor nada es considerado una barrera, el amor es lo que es, así de simple… ¿No lo crees así?

—¡Farid!... Has dado en el clavo con esas palabras… Esas palabras son las que tu padre debe emplear con… ¿Cómo se llama la dama?

—Se llama Latifa.

—¿Latifa?... ¡Qué nombre más hermoso!

—Sí, es un bello nombre y ella es una bella persona. Qué bueno que jamás tuve tiempo para involucrarme con ella, en estos momentos lo estaría lamentando… En fin, el destino a veces nos depara cosas que ni en sueños hubiésemos imaginado… ¿No lo crees así?

—Creo que puede ser algo como aquello que has mencionado… Te encuentras permanentemente frente a bifurcaciones y en base a la que elijas es el lugar al cual llegarás. Lo que no me queda claro es si puedes volver sobre tus pasos y elegir otro sendero… Creo que eso a veces no es posible… Supongo que eso es así pues ese debe ser el sendero adecuado.

—Mucho análisis de vida por hoy querido Albert. Continuaré la conversación con mi padre y le daré tu sugerencia con respecto a lo que puede decir entre medio de la conversación. Es claro que debe dejar fluir a su corazón, pero también está claro que debe pensar sus palabras, al decirlas puede darse cuenta si expresan o no lo que realmente quiere decir… Por otro lado mi padre es un hombre de buenos sentimientos y seguramente todo fluirá como debe fluir, al menos de parte de él… Espero que sea correspondido o que al menos tengan la posibilidad de conocerse y ver si ambos desean avanzar en la misma dirección… Tal cual lo hemos hecho nosotros…

Al decir esas palabras vuelve a generarse esta vez un nuevo silencio incómodo, esta vez generado por Farid…

—Cuéntame cómo van avanzando las cosas entre tu padre y Latifa.

—Así lo haré, así lo hare… ¿Te has juntado con Anna?

—Mira como son las cosas, hoy estoy invitado a cenar a su casa, compartiremos los tres una grata conversación.

—Supongo que eso ha sido a petición de Anna… ¿O me equivoco?

—Has acertado Farid. Ella desea que su marido no tenga la menor duda que nuestro asunto es netamente de amistad. Obviamente no entraremos en detalles del pasado… El pasado ya ha quedado atrás y ambos avanzamos en búsqueda de una felicidad verdadera, real y duradera… Al igual que lo va a intentar tu padre… y tú.

—Al parecer el más atrasado en ese tema definitivamente soy yo. Siento que en algún momento de mi vida, el cual espero sea más pronto que tarde, daré un vuelco completamente radical a todo cuanto he pensado y sentido. No tengo aún claro qué será pero algo en mi interior me dice que estoy llegando a la bifurcación final.

—Espero que logres lo que deseas eso me haría muy feliz…

Te apoyaré sea cual sea la decisión que tomes… Es tu vida… Gózala al límite… Hasta mañana, debo prepararme para ir a casa de Anna.

—Mide tus palabras Albert, mide tus palabras… —dice Farid antes de colgar.

La velada en casa de Anna fluye con mucha naturalidad, la amistad entre ambos es más que evidente ante los ojos de Vladimir y en la medida de lo posible y para no despertar ninguna sospecha cada vez que les es posible tanto Anna como Albert se felicitan con la mirada. Albert la mira complacido, no solamente ha ayudado a una buena amiga, se ha ayudado a él de igual manera. Su lista es larga pero está decidido a recorrerla por completo. Obviamente ha hecho una especie de filtro previo. Durante la conversación con Vladimir le ha comentado en que está en temas amorosos y él gentilmente se ha ofrecido a presentarle a algunas amistades que siente podrían congeniar muy bien con el Albert que está conociendo…

—Te ves una persona sumamente sincera y honesta, no nos conocemos, pero, si Anna es capaz de mencionar que metería las manos al fuego por ti siento que yo sería capaz de hacer lo mismo. Coordina con Anna la próxima vez que nos juntemos y según como vayas en tu búsqueda veré si invito o no a alguien para que compartamos entre los cuatro… ¿Te parece Albert?

—Eso sería fantástico, te lo agradezco mucho Vladimir… Anna tenía toda la razón… Eres un tremendo sujeto, cortés y encantador…

—Ya te oí Albert, ya te oí… Si no te conociera tus historias diría que intentas coquetearle a mi marido —dice Anna generando la risa de todos.

Los días continúan avanzando, Albert ya ha regresado a su trabajo en la oficina y conversa animadamente con Jaime antes de ingresar. Un llamado le hace interrumpir la amena charla… A quien le llama le dice que le devolverá el llamado en cuanto se estacione y acto seguido concluye la conversación con Jaime para acceder luego a su estacionamiento.

—¿Es en serio don Albert todo lo que me ha comentado?

—Sí Jaime estoy prácticamente retirado de ese tipo de

comportamiento, ya he tenido demasiado, mi deseo es… ¿cómo es que se dice?...

—Sentar cabeza don Albert… Sentar cabeza… ¿Y qué ha pasado con la señorita Bernardita?

—Si te interesa realmente creo deberías intentar invitarla para que se conozcan…

—¿Pero usted cree que se fijará en mí para algo más serio…?

—Ella es una mujer que no tiene en mente cuanto tienes en el bolsillo… obviamente que ambos sabemos que le interesa lo que tienes en… bueno… me comprendes… pero su objetivo no es andar tras el dinero… Inténtalo… No te quedes con la duda de haber perdido algo hermoso por temor… ¿comprendes?

—Perfectamente don Albert… Perfectamente… Muchas gracias… Tenga usted un buen día.

—Igualmente Jaime, igualmente… cuida bien de tu amigo James. —dice con una sonrisa Albert.

—Haga usted lo mismo con Alberto…

La risa de Albert se escucha mientras dirige su vehículo a su lugar. Detiene el motor y hace la llamada que ha prometido.

—Qué bueno que has llamado pronto Albert. Serás el primero en saberlo… Mi padre está saliendo con Latifa, ya van para la cuarta salida y todo va, según ambos me han comentado por separado, de maravillas… Al parecer el sentimiento ha sido mutuo desde hace ya un buen tiempo y ninguno se decidía a dar el primer paso… En fin es una tremenda alegría el saber que mi padre está con esto más vivo que nunca… Y el comentártelo me genera una gran alegría… Se dice que lo que dejas atrás nos ayuda a avanzar, a seguir, a vivir a… Qué pena estar tan alejados.

—¿Por qué?

—Pues para darte un abrazo…

El silencio incomodo vuelve a surgir. Esta vez ninguno de los dos sabe qué decir y simplemente al mismo tiempo finalizan la llamada diciendo… Hablamos luego… Hablamos luego.

La vida continúa su diario andar. Anna va cada día mejorando su relación con Vladimir, Jaime ha salido ya varias veces con Bernardita, intentan que sea algo más serio pero las ganas corporales por el momento superan cualquier intento por seguir un camino de mayor compromiso... Los encuentros entre Bernardeth y James son cada vez más seguidos e intensos. El avance de Malek con Latifa va cada día mejor, se dejan ver juntos y la diferencia de edad no es un tema entre ambos y menos aún las enormes cantidades de dinero que Malek posee... Renunciaría a ese dinero sin dudarlo si sintiera que es un impedimento para estar con Latifa. Por su parte, las diarias conversaciones entre Albert y Farid incluyen cada vez más detalles. Y durante ese tiempo transcurrido Albert ya ha agotado su extensa lista de parejas incluyendo las amigas que gentilmente le ha presentado Vladimir. Sus días de soledad no son realmente eso, es impresionante para él como Farid ha llenado poco a poco ese tiempo, ese espacio... Su mente se pierde en miles de recovecos que no logra entender, algo similar ocurre en la mente de Farid.

Una inesperada llamada le despierta a eso de las cuatro y media de la mañana...

—Don Albert, disculpe la hora, soy Harbuddi, el tío de Farid, ¿me recuerda?... El de la comida callejera...

—Por supuesto que le recuerdo Harbuddi... ¿Está todo bien?

—Temo que no Albert. Lamento ser quien comunique malas noticias...

—¿Eeees Fffarid?

—Sí Albert, ha partido, ya no está con nosotros, me pidió que te lo comunicara. Sostuve su mano mientras iniciaba el viaje sin retorno... El afecto hacia tu persona es algo realmente muy fuerte...

—Créame que el sentimiento es mutuo Harbuddi... ¿Cómo ha ocurrido? Ayer hablamos y se escuchaba muy feliz... Casi te diría que decidido en tomar una decisión importante en su vida... ¿Cómo lo ha tomado Malek, Jazmín y Latifa?

—Aunque el dolor es grande lo han sabido soportar, son personas de mente muy amplia y de un inmenso cariño hacia Farid y aquello les ha permitido sobrellevar lo ocurrido... Me pidió que te dijera que recordaras y repasaras en tu mente las conversaciones que han mantenido durante todo este largo tiempo, me mencionó que tú sabrías exactamente a qué se refería y que el recordarlas te haría estar en el momento y lugar exactos llegado el momento en que te des cuenta que has llegado al camino correcto, que has llegado finalmente al camino correcto… Me dijo que te mencionara que él ya estaba en el camino correcto y por nada del mundo daría pie atrás… No sé realmente a que se refería con aquello pero me dijo que tú sí serías capaz de entenderlo… Estaremos en contacto de vez en cuando… El cariño que te tenía era algo que le salía por los poros, se veía radiante, lleno de vida… Lamento hacerte pasar por esta pena pero, como mencionó Farid, es parte de tu recorrido por esta vida… Cuídate mucho y avanza hasta hallar la felicidad. Farid así lo ha hecho y desea lo mismo para ti… Mencionó que te ayudaría en ello y que estaría contigo a cada paso del camino… Haría eso cada vez que tú recordaras las conversaciones entre ustedes…

El silencio del teléfono deja a Albert sumido en una profunda tristeza, por cerca de una hora vienen a su mente de manera desordenada las gratas conversaciones con Farid… De pronto cae en la cuenta que debe avisar a Anna. Con los ojos aún llorosos intenta buscar en los contactos el número de Anna… Al tercer intento logra enfocar la vista y marca…

—¿Albert?... ¿Albert?... ¿Pasa algo?... ¿Por qué no hablas?

—Es que… Es que… Anna… Farid nos ha dejado… Ha partido…

El silencio de Anna lo dice todo… Tarda en reaccionar para finalmente romper en llanto… Los minutos pasan y su desconsuelo va en aumento… A los lejos se siente la voz de Vladimir que viene a consolarla… Le retira el celular de las manos y habla…

—Hola… Hablas con Vladimir el marido de Anna… ¿Quién está del otro lado de la línea?... Anna está llorando a mares y no logra decirme qué ha pasado…

—Vladimir, soy Albert… He debido comunicarle a Anna que un muy buen amigo nuestro nos ha dejado… Se ha ido… No sé si te lo mencionó alguna vez… Su nombre es Farid… Su nombre era Farid…

—Por supuesto que lo mencionó, habla de él quizás tantas veces como habla de ti… De hecho me ha comentado que es gracias a él que ha hecho ajustes en su vida y ha elegido lo que, hasta ahora, ha sido el camino que más felicidad le ha dado y también me ha mencionado que ese amigo común también ha obrado ese efecto en ti… Lamento mucho tu perdida… Debo colgar… Debo consolar a Anna… Sabes que eres bien recibido en nuestra casa cuando desees venir… Vive tu duelo y cuando estés preparado ven a acompañar a Anna en su profundo dolor… Los amigos se ven en las buenas y en las malas…

—Así lo haré Vladimir… Así lo haré…

Tan pronto Albert cuelga cae en un inconsolable llanto, está solo en su casa y los gritos de dolor retumban por la propiedad… Finalmente el cansancio le vence y despierta al día siguiente completamente despedazado… No sabe los detalles de la muerte de Farid pero asume lo peor… Siente culpa por no haber estado ahí para evitarlo, para impedirlo, para hacerle ver las cosas buenas de la vida… como se dice… el vaso medio lleno… Ayudarle a buscar una solución a lo que sea que fuera… Llama a Harbuddi para saber cuándo serán los funerales y ver si alcanza a viajar… La respuesta es devastadora… Ya todo ha concluido… Lo hecho hecho está… Recuerda las palabras de Farid… Recorre en tu mente sus conversaciones… Lo que ha ocurrido es lo que él en lo más profundo de su ser deseaba… Haz tu parte y honra así su actuar…

Albert pide algunos días libres, explica brevemente el motivo y se queda un par de días en su casa, finalmente se levanta, se asea y se da cuenta que el estar encerrado no le traerá nada bueno, muy por el contrario. Desayuna y se decide a salir a caminar y recordar en su mente las cosas conversadas con Farid, recuerda exactamente el orden de las conversaciones. Un día pasa el tiempo recorriendo las plazas del lugar, sobre todo las que de alguna manera ambos conocen, dada las conversaciones, otro día recorre algunos puestos de comida callejera recordando nuevamente sus largas conversaciones al tercer día decide ir al parque que se caracteriza por tener un enorme estanque con peces multicolores y variedad de aves. Al llegar al lugar nota que el banco en que usualmente se sienta a disfrutar del paisaje está ocupado por alguien. A medida que avanza nota que una mujer sentada ahí solloza. No sabe si acercarse a ofrecer ayuda o simplemente seguir su camino. Opta por sentarse a prudente distancia y guardar silencio al menos por unos momentos… Finalmente se decide a hablar.

—¿Se encuentra usted bien?... ¿Necesita algo?... ¿Desea que llame a alguien para que venga por usted?

—Es usted muy amable… No he querido importunarle con mis sentimientos… Mi memoria no es tan buena como suponía y he esperado varios días por una respuesta y eso me ha hecho llorar…

—¿Quiere que le traiga algo de beber?

Sin esperar respuesta Albert se dirige a toda prisa al local más cercano y compra dos botellas con agua. Abre una y se la pasa a la mujer que ya mucho más repuesta le mira tiernamente agradecida.

—Muchas gracias, le agradezco el gesto… Hagamos un brindis por la amistad, la vida… el amor.

—Es un bonito brindis, acepto encantado —dice Albert rozando con su botella levemente la de aquella mujer de hermosos rasgos y llamativos ojos.

Cuando nota que aquella mujer está mucho más calmada Albert se levanta dispuesto a seguir caminando y recordando a Farid. Ella se levanta y le pregunta si le gustaría juntarse nuevamente mañana en este mismo lugar. Albert, algo desconcertado asiente con la cabeza pero no completamente convencido de cumplir lo que está aceptando hacer. Se despide y se aleja lentamente sin mirar atrás. Siente la mirada de ella viéndole partir pero no desea voltear a comprobar que efectivamente eso es así.

Los días continúan pasando, sabe que su vida debe continuar, pese a eso al día siguiente empujado por un inexplicable impulso acude al estanque y encuentra nuevamente a aquella mujer esta vez con mucha más vitalidad y luciendo mucho más bella que la primera vez que la vio. La conversación entre ellos fluye con naturalidad. Esta vez es ella quien se retira antes dejando la conversación inconclusa e indicando que quizás podrían continuarla mañana a la misma hora… Albert acepta, ha comenzado a sentirse atraído por ella y esa atracción día con día va en aumento. Es una atracción completamente diferente a las que ha sentido antes, siente que debe dejarse llevar y por sobre todo no precipitar las cosas. Esa misma noche acude a casa de Anna y junto con recordar gratos momentos le cuenta que está conociendo a alguien que le llama poderosamente la atención. Sin siquiera dudarlo Vladimir le sugiere la invite para que los cuatro compartan una agradable velada. Albert acepta y comenta que hará la invitación. Aunque siente que es un poco precipitada, pero, es un camino nuevo para él y definitivamente desea estar sobre ese sendero, se siente cada vez más cómodo mientras más avanza sobre ese agradable camino. Al parecer la vida comienza a sonreírle de la manera que desea.

La velada en casa de Anna y Vladimir es muy agradable, Albert luce bastante feliz y su acompañante Samira se ha adaptado muy bien a los allí presentes… La vida continúa su ritmo y a los pocos meses de conocerse Albert anuncia que hará una ceremonia muy privada de compromiso a la cual tanto Anna como Vladimir están invitados.

Han pasado ya varios meses y lamentablemente Samira no puede concebir, han decidido adoptar y ya han iniciado los preparativos para aquello.

—Es increíble como la vida nos da siempre una sorpresa sobre todo cuando sentimos que ya nada tiene sentido, ¿no lo crees así Samira?

—Uno debe poner de su parte Albert, no siempre las cosas se nos dan en bandeja de plata…

—Voy por algo de comer a la cocina, busca una buena película, no tardo…

Al regresar con una contundente bandeja Albert nota en el rostro de Samira un dejo de temor, intenta entender el porqué de aquello pero no se atreve a preguntar. Siente que debe darle su espacio para que sea ella quien inicie lo que sea desee iniciar.

Al paso de los minutos ya han degustado algunas cosas y el incómodo silencio continúa por un par de minutos, finalmente…

—¿Albert? Es tiempo de…

—No me asustes Samira, creo que es mejor que comiences a decir lo que deseas decir y seguir disfrutando nuestro amor… ¿No lo crees así? —dice Albert con una tierna sonrisa.

Samira inicia una serie de comentarios que a medida que avanzan impulsan a Albert a sentarse apoyado en el respaldo de la cama, luego de aquello y mientras Samira sigue el relato, Albert se levanta de la cama y comienza a pasearse erráticamente por la habitación pasando ambas manos por su rostro reiteradas veces…

El silencio vuelve a invadir la habitación, esta vez es Samira quien pacientemente espera que Albert sea quien comience a hablar… El temor en ella es evidente y con sus últimas fuerzas intenta retener las lágrimas que afloran por sus bellos ojos…

—¿Cómo es posible que sepas todas esas cosas Samira?... Cada una de las cosas que has mencionado solamente las sabían dos personas… Farid y Yo… ¿Es que acaso has estado con Farid antes de su muerte?

—Podría decirse que sí, aunque no es realmente como lo estás pensando… ¿Albert?... ¿Realmente estás enamorado de mí?... Yo sí lo estoy de ti y es un amor que he llevado al límite… Por favor dime que sientes de la misma manera…

Albert se detiene mira a Samira y luego observa la puerta de la habitación… Ha llegado el momento de tomar la decisión más importante de su vida… Sus piernas tiemblan, intenta dar el paso en dirección a la puerta pero no puede… Mira a la mujer que está levemente recostada en la cama, sus ojos expresan un profundo e incondicional amor por él… El cerebro de Albert funciona a mucha velocidad, siente que está a punto de fundirse… Todo su ser le dice que debe aceptar lo que frente a él tiene y entregarse de lleno a lo que siente… Las fuerzas poco a poco regresan a su cuerpo… Comienza a serenarse y da, lentamente un par de pasos hasta quedar de pie frente a Samira…

—¿Has hecho esto por amor?... ¿Por amor a mí?

—Albert… —dice Samira tratando de ocultar el sollozo —. Lo que siento por ti es tan fuerte que he hecho lo que ha estado a mi alcance por estar contigo y haría lo que fuera por no perderte…

Albert la mira a los ojos, la alegría expresada en lágrimas se desliza por sus mejillas y se funden con las lágrimas que brotan de los ojos de Samira… Un tierno beso corona el momento… Albert sabe finalmente lo que ha ocurrido, lo acepta, lo disfruta, lo agradece… Ama el momento… y por sobre todo ama a Samira…

Los días pasan, la felicidad es plena… Albert sentado junto a Samira la mira tiernamente mientras le dice…

—Samira, mi amor, es tiempo de hacer la llamada…

—Tienes razón amor mío… Es tiempo de hacer la llamada…

—¿Cómo has estado?... Me alegra oír que todo para ustedes está saliendo de maravillas… ¿Acá?... Pues acá todo va de maravillas… estoy con la persona que me he dado cuenta que amo profundamente y por ella haría lo que fuera… lo que fuera… Sí, sí, ya sé que ya lo he hecho y que no hay vuelta atrás… El doctor ha hecho un trabajo excelente y con tu ayuda mi nueva identidad es hace mucho tiempo una feliz realidad… Por razones obvias no podremos concebir, pero los trámites de adopción ya están andando, pronto serás abuelo…

—Y tú Farid… perdón, quise decir Samira, pronto tendrás un medio hermano o medio hermana… Ya veremos cómo nos las arreglamos para conocernos. Mi fortuna en un futuro pasará a tu nuevo nombre, ya he realizado los arreglos… No podría dejarte sin herencia ni a ti ni a mi nieto o nieta ni a mi yerno…

—Gracias papá… Esta ha sido la decisión más fácil que me ha tocado tomar en la vida… El amor es una fácil decisión…